Z. 1002.
A.

I0641785

14620

LETTRES
NOUVELLES,

De Monsieur BOURSAULT.

Accompagnées de Fables, de Contes, d'Epigrâmes, de Remarques, de bons Mots, & d'autres Particularitez aussi agréables qu'utiles.

Avec Treize Lettres Amoureuses d'une Dame à un Cavalier.

SECONDE EDITION.

Beaucoup plus ample que la premiére.

TOME PREMIER.

A PARIS,

En la Boutique de Theodore Girard.

Chez NICOLAS GOSSELIN, dans la grand' Salle du Palais, du côté de la Cour des Aydes, à l'Envie.

M. DC. XCIX.

AVEC PRIVILEGE DU ROY.

A MONSIEUR

DE MALEBRANCHE,

Seigneur du Ménil-Simon,
& de Monmagny, Conseil-
ler du Roy en la Grand'-
Chambre du Parlement de
Paris.

ONSIEUR,

Ne croyez pas que je
prétende m'acquiter de ce
que je vous dois par un Pre-
sent aussi médiocre que ce-

EPISTRE.

luy que j'ay l'honneur de vous faire. Je veux au contraire avoüer publiquement que Personne ne vous est plus redevable que moy ; & prendre toute la Terre à témoin que je vous ay des Obligations que jamais, quoy que je puisse faire je ne puis reconnoître qu'imparfaitement. Je vous jure, MONSIEUR, que je sens mieux ce que je dis que je ne l'exprime ; & que vous ne pouvez mettre mon zéle à l'épreuve en aucune occasion où mes actions ne disent plus que mes paroles.

EPISTRE.

Ce ne font ni les Graces
que vous m'avez faites ni
celles que vous me pouvez
faire qui m'arrachent cet
aveu : je rends juſtice à vôtre Mérite indépendam-
ment d'autre conſidération
que de luy-même ; & quoi-
que dans le tems où nous
ſommes l'adulation ſoit le
chemin le plus ſeur pour
s'avancer, jamais aucun é-
gard ne m'a pû faire deſ-
cendre à la flaterie. Sup-
poſé même que je me laiſ-
ſaſſe entraîner au Torrent,
& que je fuſſe capable de
devenir un Adulateur, a-

ā iij

EPISTRE.

prés avoir vécu si long-tems
sans l'être, seroit-ce icy où
la flaterie pourroit trouver
place ; & la pure Vérité ne
vous est-elle pas plus avan-
tageuse que tout ce que je
pourrois inventer en vôtre
faveur ? Il y a des choses
naturellement si belles que
l'Art le plus delicat ne fait
que les défigurer, & où l'on
ne peut rien ajoûter sans en
diminuer le prix. Dire que
le plus auguste Sénat de
l'Europe n'a pas un Juge
plus Equitable que Vous,
c'est l'Eloge le plus beau
qu'on puisse faire d'un hom-

EPISTRE.

me ; & il n'y en a point à
qui il soit plus justement
dû. Je voudrois vous être
moins obligé que je ne vous
le suis pour avoir la liberté de publier tout ce que je
sçay de Vous sans être soupçonné de parler par reconnoissance. Que ne dirois-je
point du plaisir que vous
avez à bien faire, & de
celuy qu'on vous fait quand
on vous en offre une occasion ? Semblable à cet Empereur qui regardoit com-
me autant de jours perdus,
ceux qu'il laissoit passer sans
les signaler par ses Bien-

EPISTRE.

faits, vous ne trouvez de
momens heureux que ceux
où vous rendez de bons
Offices ; & quand il vous
est impossible d'accorder ce
que l'on vous demande,
vous accompagnez vos re-
fus de tant d'honnêteté qu'-
on vous est redevable des
graces même que vous ne
faites pas. C'est-là, MON-
SIEUR, c'est-là propre-
ment ce qui fait l'honnête
homme (qualité la plus bel-
te que l'on puisse avoir, &
que vous avez au plus
haut degré où elle puisse ê-
tre.) Eh qui peut mieux en

EPISTRE.

parler que moy, que vous
avez obligé de tant de maniéres, & pour qui vous
avez eu des bontez dont
je me souviendray in æter-
num & ultra ! *Quoi - que
jusqu'icy un malheur con-
tinuel m'ait empêché de les
reconnoître, ne vous lassez
point d'en avoir toûjours :
le Ciel ne laisse guéres de
Bienfaits sans récompense ;
& peut-être lors que vous
y penserez le moins, trouveray-je un moyen de justifier la Vérité de la Fable
que vous allez voir.*

EPISTRE.

LA COLOMBE ET LA FOURMY.

FABLE.

LA Colombe qui s'égayoit
Au bord d'une Fontaine où l'Onde étoit fort
belle,
Vid se demener auprés d'elle
Une Fourmy qui se noyoit.
Sensible à son malheur, mais encor plus active
A luy donner secours par quelque promt moyen,
Elle cueïlle un brin d'herbe & l'ajuste si bien
Que la Fourmy l'attrape & regagne la rive.
Quand elle fut hors de danger
La Colombe en repos sur un Arbre s'envole.
Un Manan, à piez-nus, qui la void s'y ranger
Fait d'abord vœu de la manger,
Et ne croit pas son vœu frivole.
Asuré de l'Arc qu'il portoit,
De sa Fléche la plus fidelle
Il alloit luy donner une atteinte mortelle :
Mais la Fourmy qui le guettoit

EPISTRE.

Voyant sa bienfaictrice en cet état réduite,

    Le mord si rudement au pié

    Que se croyant estropié

Il fait un si grand cry que l'Oiseau prend la

    fuite.

Par la foible Fourmy ce service rendu

    A la Colombe bienfaisante,

    Est une preuve suffisante

    Qu'un Bienfait n'est jamais perdu.

Je ne sçay, MON-SIEUR, si la réalité sui-vra de prés cette Fable : mais je sçay bien que Per-sonne n'a jamais été, & ne sera jamais plus réelle-ment, ni avec plus de res-

EPISTRE

pect & de reconnoiſſance que moy.

MONSIEUR,

Vôtre trés-humble , trés-
obéïſſant & trés-obligé
ſerviteur,
        BOURSAULT.

L'ASNE, LE MUNIER
ET SON FILS.

FABLE.

Pour servir d'Avertissement au Lecteur.

Pour mieux vendre un Baudet qu'on menoit
   à la Foire
Un Mûnier & son Fils le portoient à leur cou :
Jamais, dit un Passant, vid-on rien de plus fou ?
Porter une Bourique ! hé qui le pourroit croire ?
   Mes bonnes Gens vous radoitez
   De vous fatiguer de la sorte,
   Mettez à bas l'Asne que vous portez ;
   C'est bien au moins qu'à son tour il vous porte.
Ils crûrent cet Avis, & montérent tous deux
Sur Messire Baudet, qui plioit sous la charge :
Comment, leur dit un autre en fulminant con-
   tr'eux ,
Croyez-vous que cet Asne ait l'échine assez large
Pour porter deux Nigauts qui sont si vigoureux ?
Il faut que de sa peau vous ayiez l'ame avide :

Le traiter si rudement
C'est commettre un fratricide
Qui mérite châtiment.
Effrayé de cette harangue
Le Mûnier à l'instant fait descendre son Fils ;
Et luy sur le Roussin tranquillement assis
Se croyoit à couvert de tous les coups de langue.
Mais à peine eût-il fait vingt pas
Que des Filles qui l'apperçûrent....
(Je croy que l'on n'ignore pas
Que jamais Filles ne se tûrent :)
Celles-cy pour le Fils ayant plus de pitié
Qu'elles n'en avoient pour le Pére,
Il faut que ce Vieillard n'ait guéres d'amitié,
Dirent-elles d'un ton sévére,
De faire aller son Fils à pié
Pendant que sur son Asne il est comme un Compére.
Hé bien, leur répondit-il,
Je vais luy ceder ma place :
Il n'est rien que je ne fasse
Pour empêcher le babil.
Ce qui fut dit fut fait. L'un descend , l'autre
monte ,
Persuadez tout-deux qu'on ne diroit plus rien.
Les pauvres Gens se trompoient bien !

Hé quoy, jeune Etourneau, n'avez-vous point de
honte ?
  Dit une Vieille qui furvint ;
Refpectez des vieux ans la vigueur chancelante :
  Vôtre Pére en a ſoixante
  Et vous n'en avez que Vingt.
Oh, ma foy, c'en eft trop, & je perds patience,
  Dit le Mûnier en courroux ;
  Il n'eft aucune Science
  Où l'on puiſſe plaire à tous.
C'eft ſe mettre en la teſte une grande ſotiſe
Que de vouloir du monde empécher les diſ-
cours :
  Quoy qu'on faſſe & quoy qu'on diſe
  On en parlera toûjours.

᯼

 Je m'attens à voir autant d'opinions
différentes ſur ces Lettres que le Mûnier
& ſon Fils en trouvérent quand ils con-
duiſirent leur Afne à la Foire ; & je m'en
conſoleray facilement. Il eft mal-aiſé
d'écrire au gré de tout le monde : & ſouvent ce ne font pas les plus médiocres
Ouvrages que l'on cenſure le plus.

Le Lecteur trouvera dans le Second Tome de cette nouvelle Edition une augmentation confidérable. Elle eft même plus grande que je ne l'aurois fouhaité ; & je voudrois bien qu'une Lettre que l'on y a mife, à mon infceu, n'y fût pas. Je ne voulus pas permettre au Libraire de la mettre à la premiére Impreffion : mais je n'en ay pas été le Maître à la feconde ; pendant que j'étois à Verfailles on l'imprima avec précipitation, & l'on ne me donna pas cette Epreuve à corriger comme on avoit fait toutes les autres. Pour toutes excufes le Libraire me dit qu'il l'avoit montrée à des Perfonnes de Mérite & d'Erudition, & particuliérement à trois Abbez, dont il y en a deux Docteurs de Sorbonne, qui n'y trouvérent point trop de libertez, & qui luy dirent que les Anciens en mettoient bien plus dans leurs Ouvrages: mais n'en déplaife à ces Abbez peu fcrupuleux, les Anciens n'étoient pas obligez à tant de circonfpection que nous ; & leur Langue avoit des priviléges que la nôtre n'a pas. C'eft ce qui m'oblige à prier les Lecteurs qui ont de la Pudeur, & fur tout les Dames, de paffer cette Lettre

tre fans la lire : & quoi-que les obcénitez qui y font foient affez envelopées, je les avertis de bonne foy qu'elles n'y peuvent prendre de plaifir qu'il n'en coûte quelque chofe à leur modeftie. C'eft une Lettre que je fus indifpenfablement obligé d'écrire à feu Monfieur le Prince de Turenne, fils de Monfieur le Duc de Bouïllon, l'un des Seigneurs de la Cour qui a le plus de Vertu & de Piété. Ce Prince, qui étoit dans l'impétuofité de fa jeuneffe, me demanda des Folies que j'avois faites dans la chaleur de la mienne ; & comme il me faifoit l'honneur de me vouloir du bien, il m'auroit demandé encore pis que je n'aurois pû le refufer : mais il y a bien des libertez permifes en particulier qui feroient condamnables fi elles étoient publiques. La Lettre dont je parle eft de ce nombre ; & je ne puis mieux punir le Libraire qui l'a mife malgré moy qu'en priant ceux & celles à qui ce Livre tombera dans la main, de ne la pas lire.

Quelque foin que j'aye pris de corriger les Epreuves de cette feconde Edition, je n'ay pû empêcher qu'il ne s'y foit gliffé beaucoup de fautes au fecond

ẽ

Tome , & entr'autres celles-cy. Page 9
ligne 14. la voye infinuante , *lifez* la
Voix infinuante. Page 98. ligne 10 fes
Amis , *lifez* , Ces Amis. Page 204. ligne
17. *fritinnit* , lifez *fritinnit*. Page 319. ligne 6. me dit, aprés , *ôtez* me dit. Page
324. ligne 13. qu'il en a guérir , *lifez*,
qu'il en a à guérir. J'écris toûjours
Mille avec cinq Lettres , comme il eft
marqué icy ; & de trés-habiles Gens
m'ont dit qu'il y avoit une exception, &
que lors qu'il s'agiffoit de citer une Année il falloit mettre *mil* fix cens, &c. &
non pas *mille*. Monfieur *Patru* en ufe de
même ; & c'eft un affez bon Modele pour
être fuivy. On m'obligera donc de lire
mil fix cens, &c. & non mille fix cens,
comme je l'ay mis. Je ne doute point
qu'il n'y ait encore d'autres fautes :
mais le Lecteur intelligent diftin-
guera, s'il luy plaît, celles qui font de
moy d'avec celles qui n'en font pas.

TABLE

Des Lettres & des diverses Matiéres contenuës en ce Volume.

ẽ ij

TABLE.

TABLE.

TABLE.

TABLE.

TABLE

A

TABLE.

ĩ

TABLE.

TABLE.

ĩ ij

TABLE.

TABLE.

í iij

TABLE.

Fin de la Table.

Extrait du Privilege du Roy.

PAr grace & Privilege du Roy, donné à Paris le 12. Juillet 1696. Signé LOUVET, & scellé du grand Sceau de Cire jaune ; Il est permis au Sieur EDME BOURSAULT, de faire imprimer un Livre intitulé *Lettres Nouvelles, &c.* en tel volume, marge & caractere que bon luy semblera, pendant le tems de six années entiéres & consécutives, à compter du jour qu'il aura été achevé d'imprimer pour la premiére fois ; avec défenses à toutes autres personnes de quelque qualité qu'elles soient, de l'imprimer, vendre ni distribuer sans le consentement dudit Exposant, à peine de confiscation desdits Exemplaires, & de trois mille livres d'amende, & autres peines portées par ledit Privilege.

Registré sur le Livre de la Communauté des Libraires & Imprimeurs de Paris, le 4. Octobre 1696.

Signé, P. AUBOUYN, Syndic.

L'edit' sieur BOURSAULT a cedé son droit au present Privilege à Theodore Girard, la veuve duquel l'a cedé à Nicolas Gosselin, Libraire à Paris, suivant l'accord fait entr'eux.

Achevé d'imprimer pour la seconde fois le 15. Février 1700.

LETTRES

LETTRES
NOUVELLES.

A MONSIEUR
PELISSON,
DE L'ACADE'MIE FRANCOISE.

5

LETTRE ET FABLE.

ONSIEUR,

Comme il y a peu de personnes au
monde qui vous honorent plus sincére-

A

ment que moy, il y en a peu auffi qui
prennent plus de part non seulement à
la juftice que le Roy vous rend, mais
à la bonté que Sa Majefté vous témoigne. Ce Monarque éclairé, qui fait un
difcernement fi jufte de toutes chofes,
& fur tout qui diftihgue fi bien les véritables honnêtes Gens de ceux qui ne
cherchent qu'à le paroître, vous dé-
dommage glorieufement de tout ce que
vôtre probité vous a fait fouffrir. Il a
vû par vôtre fidelité pour Monfieur
Foucquet, combien vous êtes capable
d'en avoir à quelque épreuve qu'on
vous puiffe mettre; & comme il eft
Luy-même le premier & le plus honnête Homme de fon Royaume il fe fait,
fi je l'ofe dire, une efpéce de devoir
d'être l'appuy de tous ceux qui font le
leur. Quelle foule de gens fuivoient le
pauvre Monfieur Foucquet dans fa Fortune, qui dans fa difgrace n'ont pas
fait femblant de le connoître, ou qui
ne l'ont connu que pour rendre fon malheur plus grand! Jamais je ne me fouviens de fa chûte, & de la maniere
dont il a été abandonné de ceux qui
luy étoient redevables de tant de bien-

faits que je ne me souvienne auſſi d'une
Fable dont je vous ſupplie , Monſieur, de
faire vous-même l'application.

F A B L E.

PRÉs de Leſbos fut jadis un Figuier
Qui rapportoit le plus beau fruit du Monde ;
    Planté ſur le bord d'un Vivier
    Il ſe lavoit les pieds dans l'onde.
    Tous les Oiſeaux d'alentour
Se donnoient Rendez – vous ſoûs ſon épais
feüillage ;
    Et tant que duroit le jour
    Ils y chantoient leur Amour
    Et béniſſoient ſon Ombrage.
Mais comme dans le Monde il n'eſt rien de
  certain ,
Et que c'eſt une Mer qui n'eſt point ſans nau-
  frage ,
    Aprés un temps calme & ſerain
Il ſurvint tout à coup un furieux orage.
Les Vents en un moment agitérent les Airs ;
Il ſembloit que la pluye alloit noyer la Terre :
    Enfin aprés beaucoup d'éclairs
Le Figuier malheureux fut frappé du Tonnerre

Les Oiseaux effrayez d'entendre un si grand
   bruit,

Dans le Hameau prochain vont chercher un
   Azile :

Et l'orage passé chacun-deux s'entre-suit

Pour venir habiter leur premier Domicile:

Mais l'Arbre, qui pour eux avoit eu tant d'appas,

Accablé sous le faix d'une telle disgrace,

     Avoit si fort changé de face

     Qu'on ne le reconnoissoit pas.

     Les premiers qui le reconnûrent

Furent un Epervier, un Milan, un Autour ;

     Qui l'insulterent tour à tour,

Et pour ne le plus voir à l'instant disparurent;

     Suivez-nous, & vous ferez bien,

Dirent-ils aux Oiseaux qu'ils crûrent pitoya-
   bles,

Ce Figuier desormais au rang des misérables

     Ne peut plus nous servir à rien.

     Pour moy, dit une Tourterelle,

Qui ne concevoit rien de plus cher que l'honneur:

Je prétens partager sa fortune cruelle,

Puisque j'ay partagé ce qu'il eut de bonheur,

Il m'a tant fait de bien, reprit une Colombe,
  Que je m'en souviendray toûjours :
Je luy veux confacrer le refte de mes jours
  Dans quelque difgrace qu'il tombe.
  Plût au Ciel ! pouvoir par mes chants,
Ajouta tendrement un Roffignol habile.
Luy rendre fes attraits, & forcer les Méchans
A revenir un jour luy demander Azile.

  Combien au Tableau qui paroît
  En void-on qui font tout-femblables ?
  C'eft ainfi que l'on reconnoît
  Les faux Amis des veritables.

N'eft-il pas vray, Monfieur, que voila
une peinture naïve de ce qui eft arrivé
à la difgrace de Monfieur Foucquet ; &
qu'il y a eu bien plus d'Eperviers & de
Milans que de Colombes & de Tourte-
relles ? Le Perfonnage que vous avez
fait dans fon malheur eft plus glorieux
pour vous que celuy que vous faifiez
dans fa profperité ; & quoique vous fuffiez le Canal par où couloient les graces dont on peut dire qu'il étoit la Source, il y a bien plus de grandeur d'ame
     A iij

à l'avoir fervi quand il a efté abandonné de la Fortune que lors que la Fortune le fuivoit. Le Roy ne pouvoit mieux vous marquer l'eftime qu'il fait de vôtre zele qu'en le mettant à l'épreuve pour Luy même; & fi les Emplois dont il va vous honorer font proportionnez à vôtre Merite je n'en fçay point que vous ne puiffiez dignement remplir. S'il eft vray ce que vous m'avez dit tant de fois, que je ne puiffe trahir mes fentimens, perfuadez-vous, s'il vous plaît, que c'eft quand je m'explique avec vous, & que je vous protefte que je fuis avec une véritable eftime,

MONSIEUR,

Vôtre trés-humble & trés-obeïffant ferviteur,

A MONSEIGNEUR
LE MARE'CHAL
DE CRE'QUY.

Sur la prise de Fribourg.

MONSEIGNEUR,

Graces à vôtre Valeur & à toutes les autres qualitez qu'il faut avoir pour être un Capitaine accompli, voilà la Campagne finie aussi glorieusement qu'elle a été commencée : & ce qui ne sembloit possible qu'au Roy seul, vient d'être entrepris par vôtre Prudence & exécuté par vôtre Courage. Il vous suffisoit, Monseigneur, pour mettre vôtre Gloire en sûreté, d'avoir rendu inutile la plus grande Armée que nos Ennemis ayent jamais euë, sans ajoûter à une

A iiij

Conduite fi fçavante la Conquête d'u-
ne des plus fortes Places de l'Empire.
Il falloit que le Prince de Lorraine, qui
n'eft pas moins Sage que Vaillant, crût
être bien fûr de fes progrés, puifque,
malgré fa modération ordinaire, il a-
voit fait mettre à fes Drapeaux l'or-
gueilleufe Devife que vous êtes caufe
que j'ay retorquée contre luy ; & dont
il eft jufte que vous ayiez le premier
hommage.

RONDEAU.

NUNC AUT NUNQUAM, eft la Devife
Que nos Ennemis avoient prife
Croyant tout ranger foûs leurs Loix ;
Et cependant depuis fix mois
Ils n'ont fait aucune entreprife.

Pour juftifier un tel choix
Il faudroit que fur les François
Quelque Place eût efté conquife

NUNC.

Le plus Equitable des Rois
En vingt jours en ayant pris trois

Malgré la Gelée & la Bife ;
L'Allemand & le Hollandois
Doivent rougir de leurs Exploits,
AUT NUNQUAM.

Que vôtre difgrace de Tréves eft dignement réparée, & qu'un petit malheur eft quelquefois néceffaire pour
achever un Grand homme ! La Fortune ne pouvoit fe juftifier envers vous
d'une maniere plus glorieufe : & quelques fuccés que deformais vous puiffiez avoir, vous pouvez vous repofer
du foin de vôtre Réputation fur la fidelité de toutes les Hiftoires de nôtre
Siécle. Je puis vous affurer, Monfeigneur, que jamais la joye n'a été plus
univerfelle ; & que le bonheur que
vous procurez à l'Etat, augmente par
le plaifir que l'on a de le renir de vous,
& de voir la Juftice fe ranger du côté de la Vertu. Je n'ofe me flater que
parmi tant d'acclamations que vous en-
tendez les miennes puiffent être re-
marquées : & quoique nous autres
beaux Efprits nous prétendions être des
Difpenfateurs d'Immortalité, vous tra-

vaillez si bien à vous immortaliser vous-
même, que loin d'avoir besoin de mon
secours vous me réduisez à la nécessité d'implorer le vôtre. Ne me le refusez pas, Monseigneur : & souffrez
qu'à la faveur de vôtre Nom la Postérité apprenne avec combien de respect
j'ay eu l'honneur d'être.

MONSEIGNEUR,

Vôtre très-humble & très-
obeïssant serviteur.

A UNE FILLE DE QUALITE'

qui devoit joüer le Rôlle d'Atalide dans la Tragédie de Bajazet, de Monsieur Racine.

LE meilleur de mes Amis est à l'agonie, ou peu s'en faut ; & je ne vois point d'espoir pour sa guérison à moins qu'il ne vienne de vôtre part. Vous vous doutez bien de qui je parle ; ou si vous faites semblant de ne pas vous en douter, c'est pure malice. Pour ne vous laisser aucun prétexte d'excuses il ne faut point biaiser avec vous : & je ne sçay même si en vous disant les choses par leur nom, vous serez d'assez bonne foy pour les entendre. C'est, belle Atalide, du passionné Bajazet que je vous annonce le trépas, pour peur que vous demeuriez dans le silence où vous vous obstinez depuis si long-temps.

Dûssiez-vous condamner le zele qui me guide
Vôtre cœur est trop dur, je vous le dis tout net ;

Croyez-moy, charmante Atalide,
Par un mot favorable au tendre Bajazet
Epargnez-vous un homicide
Dont vous auriez, peut-être, un fenfible re-
gret.

―――※―――

Quand je dis que vous en auriez dû regret j'oublie qu'il n'a pas l'honneur d'ê-
tre connu de vous, & que ce n'eft pas
un mal que la perte d'un bien qu'on ne
connoît pas. Je croy, belle Atalide, que
c'eft le feul avantage qui luy manque,
& que fi vous le connoiffiez vous auriez
de la peine à ne luy point vouloir de
bien, par la pente naturelle que vous
avez à rendre juftice. Peut-être croirez-
vous de vôtre côté que mon amitié
pour luy me fait parler de la forte, &
que mes yeux luy font plus favorables
que ne luy feroient les vôtres : il n'eft
rien de plus aifé que de vous en éclaircir. Il a pris la liberté de vous écrire
deux fois : vous avez vû par le refpect
qu'il a pour vous de quel difcernement
il eft capable ; & vous jugerez facile-

ment du reste, si, malgré ce que luy coûte vôtre premiere veuë, vous luy voulez permettre de courre le risque de
vous revoir. Apparemment qu'il luy est
échapé quelque mot dans ce qu'il vous
a écrit dont vôtre pudeur s'est effarou-
chée. Bajazet vous a sans doute dit
qu'il vous aime : Eh, qui peut vous voir,
belle Atalide, & ne vous en dire pas
autant ?

Peut-on cacher l'amour extrême
Qu'on est forcé de prendre en voyant tant,
    d'appas ?
Quand ce qu'il vous écrit vous tairoit qu'il
    vous aime
Ce qu'il souffre pour vous ne le diroit-il pas ?

Sçavez-vous que pour réüssir parfaitement dans le Rôlle que vous avez dessein de joüer ce n'est pas assez de sçavoir donner de l'amour, & qu'il en faut
prendre ? il est mal-aisé de faire sentir
à l'Auditeur ce qu'on ne sent pas soy-
même ; & tout ce qu'on void de grandes
Actrices exprimer si bien les passions

qu'elles reprefentent ne s'en acquite-
roient pas avec tant de fuccés fi elles
n'avoient véritablement de la tendreſſe.

Pour être une Actrice touchante
Et rendre l'Auditeur émû , tendre , agité,
Il faut que le Rôlle d'Amante
Soit ſi tendrement récité ,
Que l'action qu'on reprefente
Paroiſſe être la verité.

C'eft, belle Atalide, ce que Bajazet
vous apprendra le mieux du monde, ſi
vous trouvez bon qu'il aille à Verfailles concerter avec vous les Scenes que
vous devez joüer enfemble. Comme elles font les plus belles & les plus in-
tereſſantes de la Piéce, on ne peut ap-
porter trop de foin à les bien ſçavoir. Quoique dans ce que j'ay vû de
vous tout me femble dans la derniere
perfection, ce faux Bajazet fait ſi bien
fon perfonnage qu'on le prendroit pour
le veritable : & ſi vous voulez fuivre ce
qu'il vous dira, je ne doute point qu'il
ne vous faſſe reſſembler à la veritable
Atalide.

Vous ne pouvez choisir un plus tendre Modelle;
Imitez la façon dont il récitera :
Pour la rendre plus naturelle
Il ne vous dira rien que ce qu'il sentira.

Dans l'indispensable nécessité où je
me trouve de rester à Paris, & de ne pouvoir profiter de l'honneur que j'ay déja
eu de vous faire répéter vôtre Rôlle,
j'ay crû, belle Atalide, ne devoir con-
fier ce soin qu'à un homme qui eût du
zele pour vous ; de l'interest au succés
de vôtre dessein ; & des lumieres pour
le faire réüssir. Vous trouverez tout ce
que je vous dis, & peut-être plus, dans
celuy qui occupera ma place. N'étoit
que mon Ami profitera de ce que je
perdray je serois le plus malheureux de
tous les hommes, de n'avoir plus de si
fréquentes occasions de vous faire voir la
sincere estime, & le profond respect que
j'ay pour vous.

A MONSIEUR
LE PRESIDENT
PERRAULT.

MONSIEUR,

Vous me fiftes l'honneur de me mander par la derniere Lettre que vous eûtes la bonté de m'écrire, que vous ne
fçaviez plus que me répondre touchant
la maladie de Monfieur Dupré ; & je
vous avoüe que je fuis dans la même
peine, & que je ne fçay plus que vous
en dire. Je vous ay tant de fois fait efpé-
rer fa convalefcence, & vous ay fi peu
tenu parole, que je n'ofe plus me hazarder à promettre quoi que ce foit fur
la foy des Médecins. Depuis le commencement de cette maladie jufqu'à
prefent, je ne leur ay prefque rien oüy
dire

dire que les évenemens ayent justifié ;
& tout ce que je vois d'assûré, ou du
moins qui me paroît tel , c'est , Monsieur, qu'il n'y a aucun danger pour sa
personne : mais en verité je n'ose m'i-
maginer que la guérison en soit prom-
te, sur tout dans une saison plus propre
à faire perdre la santé qu'à la faire revenir. Il y a huit jours passez qu'on l'a
mis au lait d'Anesse ; & s'il en faut croire Monsieur Laurenceau, sa Poitrine en
est beaucoup soulagée : mais comme je
suis résolu à ne plus juger des remédes
que par leurs effets, il me pardonnera,
s'il luy plaît , si je laisse encore passer
quelques jours avant que d'ajoûter foy
à ses paroles. Hier il y eut encore une
Consultation entre les trois Médecins ,
qui en ont déja fait tant d'inutiles, &
qui disent continuellement : *Clisterium
donare, postea saignare, ensuita purgare.*
Otez-leur cela, vous leur ôterez plus de
la moitié de leur science. Tout atténué
qu'est ce pauvre Malade, ils luy ont ordonné de nouvelles saignées ; & dans
l'état où il est , il me semble que la
nature a plus besoin d'être fortifiée
qu'assoiblie. On verra par la suite si la

B

Faculté a raison : mais jusqu'icy elle
m'a inspiré autant de mépris pour elle
que j'ay de respect pour vous, & de paffion d'être toute ma vie,

MONSIEUR;

Vôtre trés-humble & trés-
obeïſſant ſerviteur.

A MONSEIGNEUR

L'EVESQUE DE CONDOM,

Précepteur de Monseigneur le Dauphin.

Sur son Livre de l'Histoire Universelle.

Monseigneur,

Je ne sçay si la liberté que j'ose prendre est pardonnable : mais je sçay bien que mon intention est la meilleure du monde ; & que si par malheur je vous offense c'est à force de vous honorer. J'ay lû, & par conséquent admiré le dernier Ouvrage que Vôtre Grandeur a donné au Public. L'Erudition, la Force, la Netteté, l'Elegance, tout y est dans un Souverain degré : & les applaudissemens qu'il reçoit seront sans doute confirmez par les suffrages de toute la Posterité. Mais il seroit à souhaiter qu'un Livre

B ij

qui doit porter vôtre Gloire si avant
dans les Siécles à venir, eût été corrigé
à l'impression avec plus d'exactitude.
Persuadé, comme vous avez raison de
l'être, Monseigneur, qu'en sortant de
vos mains il n'y pouvoit avoir aucune
faute, peut-être n'avez-vous pas donné
toute vôtre application à le corriger de
celles d'autruy : Et l'Imprimeur pour a-
voir mis *tué*, où vous n'avez mis que
blessé, ou tout au plus *vaincu*, en a fait
une si grande, qu'il semble (au moins se-
lon moy) que l'Empereur Valens, aprés
sa mort ait été encore plein de vie. C'est
dans le Volume *in quarto*, page 119. ligne 23. & voicy la période entiére.
*Valens, qui veut vaincre seul, précipi-
te le combat, où il est* tué, *auprés d'An-
drinople : les Gots victorieux le brûlent
dans un Village où il s'étoit retiré.* Ne
diroit-on pas, Monseigneur, que Valens,
aprés avoir été tué se soit retiré dans un
Village ; & n'est-il pas vray que dans ce
combat précipité il ne fut que blessé ou
vaincu, puisque vous le faites retirer
aprés ? Le plaisir que je goutois à devo-
rer un si bel Ouvrage, fut un peu inter-
rompu en cet endroit : & dans le même

temps un de mes Amis, dont le nom &
le merite ne sont pas inconnus à vôtre
Grandeur, m'étant venu voir, & m'ayant
trouvé charmé de ce que je lisois, m'a-
voüa qu'il n'avoit jamais rien veu de
plus beau; & me fit pourtant la même
objection que je prens la liberté de
vous faire. Ce seroit dommage, Monseigneur, de laisser dans ce que vous
avez fait de plus achevé, une faute qui,
non seulement corrompt tout le sens d'u-
ne période; mais qui n'y en laisse point
du tout. Je n'ay point hézité sur le parti que j'avois à prendre; & je me suis
fait un devoir de vous en avertir, avant
que le débit en fût plus grand. Peut-être
est-ce manquer de respect, mais peut-on
être avec plus de zele?

MONSEIGNEUR,

Vôtre trés-humble & trés-
obeïssant serviteur.

A MONSIEUR

DE LA BERCHERE,

Premier Préſident au Parlement
de Grenoble ; ſurnommé l'In-
corruptible.

Mᴏɴꜱɪᴇᴜʀ,

Vous m'avez juſqu'ici donné d'aſſez
grands témoignages de vos bontez , pour
m'autoriſer à vous en demander de nouvelles marques. Un Amy de qui les inté-
rets me ſont chers , a un procés en vôtre
Parlement pour raiſon d'un decret où
l'on m'aſſûre que la Juſtice parle en ſa
faveur : & comme il y a peu d'hommes qui la rendent avec tant de plaiſir
que vous, vous voulez bien, Monſieur,
que je m'en faſſe un d'offrir de la matiére à vôtre équité ; étant tres-perſuadé
que l'Amy pour qui je prens la liberté

de vous écrire a trop de probité & trop
d'honneur pour chercher à gagner un
procés qui luy sembleroit injuste. La
confiance qu'il a en son bon droit, dont
je sçais, Monsieur, que vous vous déclarerez l'Appuy, est tout ce qui le porte
à souhaiter la recommandation que je
luy donne : & pour luy faire avoir un
heureux présage de la Justice qu'il attend de vous, je l'ay assûré que vous
ne m'aviez jamais refusé celle de me
croire avec beaucoup de passion & de
respect.

MONSIEUR,

Vôtre trés-humble & trés-
obeïssant serviteur.

A MONSIEUR
DES BARREAUX,
qui ne croyoit en Dieu que lors qu'il étoit Malade.

LETTRE ET FABLE.

VOus m'avez, Monsieue témoigné de si bonne heure toute la tendresse & toute la bonté d'un Pére, que j'embrasse avec avidité la premiere occasion qui se presente de vous marquer toute la reconnoissance & tout le respect d'un Fils. J'ay appris avec autant de joye que je prens d'interest dans ce qui vous regarde, la mort d'une malheureuse femme, qui étoit l'opprobre de son sexe; & qui laisse des enfans qui sont les héritiers de son infamie. Dieu a fait ce que vous n'auriez pû vous résoudre de faire. Il ne peut souffrir que vous le fuyïez plus long-tems:

tems : il vous cherche le premier, pour
vous obliger à le chercher à vôtre tour ;
& de peur que vous n'ayez trop de peine
à le trouver, il brise les obstacles qui
vous empêchoient de vous approcher de
luy. Quel malheur auroit-ce été pour
vous si ce Juge de tous les Juges du
Monde, en appellant cette misérable devant son redoutable Tribunal vous y eût
appellé en même tems ? Qu'auriez-vous
pû vous dire l'un à l'autre en presence
d'un Dieu à qui nous ne pouvons cacher
les désordres de nôtre vie ; & quelles
bonnes actions luy auriez - vous allé-
guées pour en faire excuser tant d'autres dont il a été luy même le témoin ?
Qui vous demanderoit de bonne-foy où
vous croyez que soit maintenant l'ame
d'une femme qui en a eu si peu de soin,
que répondriez-vous ? A Dieu ne plaise
que j'aye la coupable pensée d'ôter à sa
Miséricorde les droits qui luy appar-
tiennent : je croy que de tous ses Attri-
buts c'est celuy qu'il fait aller le plus
loin : & d'ailleurs, je ne doute point que
des mauvais exemples que vous vous
êtes mutuellement prêtez, elle n'ait retenu de vous celuy de croire en Dieu

C

quand on est Malade, & qu'elle ne luy
ait promis ce qu'on a coûtume de luy
promettre quand on est sur le point de
luy aller rendre compte : mais, Monsieur, permettez-moy de vous dire, a-
prés saint Augustin, que les Pénitences
que l'on fait en cet état sont souvent
aussi infirmes que ceux qui les font ; &
qu'il est extrémement douteux que Dieu
nous accepte quand nous attendons si
tard à nous offrir. La Mort, dont l'heure est incertaine pour tous les hommes,
semble n'avoir plus d'incertitude pour
vous : quoique vous fassiez pour vous
flater, vous ne pouvez vous ôter de la
pensée qu'elle ne tardera plus guére à
venir ; & dans l'âge où vous êtes à peine joüissez-vous de la vie par la peur
que vous avez de la perdre. Combien
de fois, dans le cours de tant d'années,
avez-vous mérité que Dieu se vengeât
des outrages que vous luy avez faits ;
& combien de fois sa Miséricorde s'est-
elle mise entre vous & sa Justice ? Ne
fut-ce pas cette Miséricorde qui, pour
vous retirer des égaremens où vous é-
tiez, vous envoya la derniere Maladie
que vous eûtes : où touché de la gran-

deur de vos péchez, vous fistes ce Sonnet, qui vous a acquis autant de gloire qu'il vous causera un jour de confusion, d'avoir été assez habile pour si bien penser, & assez malheureux pour si mal vivre?

SONNET.

TOûjours tes Jugemens sont remplis d'équité;

Toûjours tu prens plaisir à nous être propice :

Mais j'ay tant fait de mal que jamais ta Bonté

Ne peut me pardonner sans blesser ta Justice.

Oüy, mon Dieu, la grandeur de mon Impiété

Ne laisse à ton pouvoir que le droit du Supplice :

Ton interest s'oppose à ma felicité;

Et ta Clémence même attend que je perisse.

Contente ton désir, puisqu'il t'est glorieux;

Offence-toy des pleurs qui coulent de mes yeux;

C ij

Tonne, frappe, il est tems : rends-moy guerre
　　pour guerre.

J'adore en périssant la Raison qui t'aigrit :
Mais dessus quel endroit tombera le Ton-
　　nerre
Qui ne soit tout couvert du Sang de J e s u s-
　　C h r i s t ?

Laissons pour un moment le Chrétien, & ne parlons que de l'honnête
homme. Dites-moy, je vous prie, si un
homme qui auroit dit à un autre ce que
vous dites à Dieu, & qui luy manque-
roit aussi indignement de parole que
vous luy en manquez, seroit honnête
homme ? Qui vous feroit, sous le nom
d'un autre, la peinture de la conduite
que vous tenez dans un âge où la Nature même refuse d'être d'intelligence
avec vos désirs (car il est constant que
ce n'est plus elle qui vous sollicite au
péché, & qu'au contraire c'est vous qui
l'outrez pour en arracher ce qu'elle est
dans l'impuissance de vous offrir) peut-
être comme un autre David seriez-vous
assez juste pour vous condamner vous-

même. Qu'allez-vous faire , avec la Mort
qui marche à deux pas de vous, aujour-
d'huy aux Capucins , & demain aux
Minimes , qu'y chercher ce que vous
devriez fuïr , & , si je l'ose dire, insulter
Dieu où les autres le vont adorer ? Ce
fut vous (je m'en fais trop d'honneur
pour le cacher) qui me trouvâtes le premier des dispositions à la Poësie : la vôtre me servit de régle pour y réüssir ; &
je croy ne me pouvoir mieux acquiter de
l'obligation que je vous ay de sçavoir
faire des Vers qu'en vous conjurant de
jetter les yeux sur cette Fable.

LE FAUCON MALADE.

F A B L E.

UN Faucon à l'extremité,
  (Libertin en pleine santé
Jusqu'à traiter les Dieux d'une pure chimére)
De ses jours malheureux prest à finir le cours
Avec empressement sollicita sa Mere
D'aller en sa faveur implorer leur secours.
    Mon Enfant, luy répondit-elle,
    Je plains l'état où je te voy :

C iij

Mais aprés tes mépris pour la Troupe Immortelle

J'irriterois les Dieux en les priant pour toy.

Combien de fois as-tu foüillé leurs Temples ;

Et riant de leurs vains Carreaux,

Infecté les autres Oifeaux

De tes pernicieux Exemples ?

Si pour appréhender leurs impuiffans efforts

Tu n'eftois pas affez crédule,

Ils font ce qu'ils étoient alors ;

Et ton efpoir eft ridicule.

Il faut toûjours les révérer.

Pour les avoir toûjours propices :

C'eft commettre deux injuftices

De ne les croire pas, & de les implorer.

On ne les furprend point en changeant de
laugage.

Pendant que tu te portois bien

Tu difois qu'ils ne pouvoient rien ;

Ils ne peuvent pas davantage.

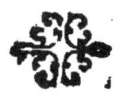

Je ne fçay qu'Efope capable d'in-
fpirer une réponfe aufli judicieufe que
celle que la Mére du Faucon fait à fon
Fils. S'il y a quelque chofe au Monde
de plus extravagant que de ne pas croire en Dieu, c'eft d'avoir la foiblefle
de l'invoquer fans y croire : Et comme il n'eft pas plus Dieu quand nous
nous portons mal que quand nous nous
portons bien, il n'y a ni plus ni moins
de raifon à le croire dans un tems
que dans un autre. Cela étant, ceffons, Monfieur, ceffons de fatiguer fa
Miféricorde, de peur que fa Juftice ne
luy fuccéde. Un Pére de l'Eglife écri-
vant autrefois à un Chrêtien qui avoit
vieilly dans le peché, compare cette
Miféricorde à un fleuve qui n'a pû ré-
fifter à une violente gelée : on eft en
affurance fur fa glace tant qu'on ne
luy fait porter que jufqu'à un certain
poids : mais il eft dangereux de la trop
charger : l'abîme eft deffous ; & l'on
n'en revient jamais quand par malheur
elle fond fous la pefanteur dont on l'accable. Je vous laiffe le foin de faire
vous-même l'application de cette com-
paraifon ; & de juger s'il eft poffible
C iiij

d'être avec plus de sincerité & d'e-
stime,

MONSIEUR,

Vôtre trés-humble & trés-
obeïssant serviteur.

A MONSEIGNEUR
LE DUC DE MONTAUSIER,
Gouverneur de Monseigneur
le Dauphin.

Sur la mort de Madame sa Femme.

JE sçay trop qui je suis pour oser entreprendre
De calmer par mes Vers le trouble où je vous
vois :
Vôtre Rang est si haut qu'il faudroit trop des-
cendre
  Pour entendre ma voix.

Quand il y auroit moins d'inégalité entre vous & moy, & qu'il me
seroit permis de donner un libre essor
à ma Muse, il seroit juste, Monseigneur,
que je luy imposasse silence dans une
conjoncture où les marques de l'Esprit
sont moins de saison que les véritables
sentimens du Cœur. Je ne doute point

que tous les Gens de Lettres n'ayent
mêlé leurs larmes à celles que vous a-
vez répanduës, & qu'ils n'ayent con-
sacré par leurs Ecrits la Mémoire de
l'Illustre Epouse que vous regrettez,
qui durant sa vie les a mis en réputation par ses Suffrages, & affranchy de
la nécessité par ses Bienfaits. Je sçay,
Monseigneur, qu'elle n'a pas besoin de
leur secours pour estre immortalisée, &
qu'elle n'a fait aucune action dont la
Postérité ne se prévale, & qui ne serve
un jour d'éxemple à toutes les femmes
qui voudront se faire distinguer par
leur Vertu. Je sçay . . . . Mais, Monseigneur, ce n'est rien vous apprendre
que vous dire tout ce que j'en sçay :
c'est seulement vous étaler la grandeur
de la perte que vous avez faite, & re-
nouveller une douleur que je voudrois
que vous n'eussiez plus. Toute légitime
qu'elle puisse être, vous n'ignorez pas,
Monseigneur, que le Poste où vous êtes,
& le soin qui vous est commis deman-
dent un grand-Homme tout entier; &
que la consolation que vous refuseriez
peut-être, si vous ne vous regardiez que
vous seul, est un bien que vous êtes

obligé de chercher vous-même pour l'interest du Prince dont vous cultivez les jeunes Ans, & des Peuples qui auront l'honneur de luy obéïr. Les lumiéres que vous avez vous offriront ce que je suis seur que vous n'avez point trouvé dans tous les complimens que l'on vous a faits sur un si triste sujet. Je n'ay ni assez d'Esprit ni assez de Qualité pour avoir l'audace de vous en faire : Mais souffrez, Monseigneur, que la distance qui nous sépare me laisse du moins la liberté de dire que je vous ay assez d'Obligations pour prendre part à tout ce qui vous arrive, & pour être toute ma vie, avec une passion trés-respectueuse,

MONSEIGNEUR,

Vôtre trés-humble & trés-
obeïssant serviteur.

REPONSE
DE MONSEIGNEUR
LE DUC DE MONTAUSIER,

A L'AUTEUR.

DE quinze ou seize cens Lettres qui m'ont été écrites sur la Mort de Madame de Montausier, je n'en ay point receu, Monsieur, qui m'ait plus donné de consolation que la vôtre. Il est vray, comme vous me le mandez, qu'elle se faisoit beaucoup de plaisir d'obliger toutes les Personnes de Mérite : & si elle eût vécu plus long-tems vous ne devez point douter que vous n'eussiez été de ce nombre. C'est un malheur pour vous qu'elle ne vous ait pas connu plûtôt. Offrez-moy, je vous prie, des moyens de le reparer ; & vous verrez que je suis, Monsieur, vôtre trés-humble & affectionné serviteur.

LE DUC DE MONTAUSIER.

A

MADAME COLBERT,

Ambassadrice à Nimégue.

Pour Madame la Marquise de Montloüet.

EN verité, Madame, vous vous fai-tes extrémement valoir, & il vous sied bien d'être la Moitié d'un homme pour qui la France a conçû une si haute estime qu'elle se rapporte à luy des plus grands interêts qu'elle puisse jamais avoir. Sans cela vous verriez jusqu'où nous ferions aller nôtre ressentiment : nous vous dirions ce que nous nous contentons de penser ; & peut-être que l'injure que vous faites à nôtre Amitié seroit capable de vous en attirer quelqu'une. Qui le croiroit, Madame, que vous nous abandonnassiez, comme vous faites, à nôtre peu de mérite ; & que vous gardassiez plûtôt le

silence à nôtre égard qu'à l'égard de
tant d'autres de qui le zéle n'oseroit
entrer en comparaison avec celuy que
nous avons pour vous ?

Croyez-vous qu'il vous soit permis,
Pour avoir un Epoux Plénipotentiaire,
Dont les soins vigilans, toûjours prêts à bien
    faire,
Vont réunir la France avec ses Ennemis :
    Croyez-vous, dis-je, que ce Titre
Qui de tant d'interêts le va rendre l'Arbitre,
Devienne une raison pour nous faire oublier ?
Et ne songez-vous point qu'il vous étoit facile
Parmi tant de momens passez à Charleville
D'en trouver quelques-uns à nous sacrifier ?

Vous n'y avez que trop pensé, Madame ; mais vous n'avez pas trouvé à
propos de nous en donner aucun ; &
voilà ce qui nous chagrine le plus. Si
vous n'aviez fait que nous oublier, nôtre Amitié chercheroit cent raisons pour
faire excuser la vôtre ; & nous nous dirions nous-même tout ce que vous de-

vriez nous avoir dit. Nous nous repré-
senterions qu'une Femme aussi tendre
que vous l'êtes, voyant son Mary char-
gé des plus importantes Affaires dont le
plus Grand Roy du Monde puisse honorer un de ses Sujets, partage tous les
soins qu'elle luy voit prendre, & ne
s'inquiéte que de ce qui le peut inquiéter. Mais infailliblement, Madame,
vous avez quelquefois pensé à nous
depuis que vous êtes partie de Paris:
vous avez même plus perdu de tems
qu'il n'en falloit pour nous témoigner
que vous y pensiez; & cependant vous
avez eu la cruauté de ne nous en témoigner quoi que ce soit. Faut il, parce que vous êtes née pour les grandes
choses, rompre tout commerce avec les
Personnes, qui comme nous, ne sont
nées que pour les petites? Parce que
nous n'avons point d'Epoux, qui puissent contribuer au bonheur de tant de
Peuples, y a-t'il de la justice à nous
priver de celuy que nous avions d'être
aimées de vous?

Quoy! pour ne point avoir de grandes Aven-
tures

Qui de toute l'Europe attirent l'entretien ;

　　　Nous croyez-vous des Créatures

　　　Qui ne foyions bonnes à rien ?

Sans fçavoir, comme vous, les raifons qu'on

　　　　allégue

　　　Aux Conférences de Nimégue,

Nous paffons quelquefois des momens affez

　　　doux :

　　　Et s'il faut ne vous en rien taire,

　　　Nous n'aurions point de vœux à faire

　　　Si nous les paffions avec vous.

Il eft vray , Madame , qu'il y a des jours où nous pafferions d'affez heureux momens fi la douceur n'en étoit troublée par le fouvenir de vos mépris. Nous voyons quelquefois joüer force Dames à la Baffette ; & nous avons affez fouvent le plaifir de les entendre fe quereller & fe dire des paroles que nous n'ofons répéter ni en Profe ni en Vers, tant elles font terribles. Ce n'eft pas là le feul divertiffement que nous avons eu le mois paffé. Souvent aprés nous être échauffées à mettre le
　　　　　　　　　　　　　hola

hola entre ces Joueuſes , nous allions
nous rafraîchir au beau milieu de la
Seine , où nous paſſions une heure &
demie le plus délicieuſement du monde. Madame la Ducheſſe d'Arpajon &
Mademoiſelle ſa fille , Madame la Com-
teſſe de Roye & Mademoiſelle de Rouſ-
ſy , Madame de ſaint Valery & moy ,
qui porte la parole pour toutes , nous oc-
cupions une petite Tente de toile ſi
glorieuſe de nous poſſéder qu'elle n'auroit pas voulu changer de ſort avec la
plus magnifique Tente de l'Armée.

Vous vous perſuadez ſans peine
Qu'eſtant moins Charmantes que Nous
Toutes les Nymphes de la Seine
Nous regardoient d'un œil jaloux.
Toutes ſenſiblement touchées ,
Furetoient nos beautez cachées ,
Et cherchoient des endroits à pouvoir cen-
ſurer.
Mais à cet examen ne trouvant pas leur côm-
pte
Elles ſe cachèrent de honte
Et n'oſerent plus ſe montrer.

D

Bon Dieu! Madame, que la jalousie est une dangereuse passion ; & que les Nymphes des Eaux que la rêverie des Poëtes a mises en si grande réputation, sont de vindicatives Bêtes ! Vous ne vous figureriez jamais à quel excez de fureur les porta le dépit qu'elles eurent de n'être pas si belles que nous.

Telle fut la douleur qu'elles en témoignèrent
Que de quelques Baigneurs, trouvez en leur
    chemin,
    Elles finirent le destin.
Je ne sçay par quel sort elles nous épargnè-
    rent :
Mais force Malheureux, non sans quelque
    chagrin :
    Soûs les Eaux les accompagnèrent ;
    Et ce fut pour long-tems enfin
    Que ces Baigneurs-là se baignèrent.

Il me semble, Madame, que voilà une Lettre d'une raisonable longueur, & qui mérite bien que vous y fassiez quelque petite réponse. Je ne sçay, aprés les

vances que nous faisons, de quelle maniére la modestie de ces autres Dames
recevroit vôtre silence : mais pour moy,
je vous en avertis de la meilleure foy du
monde, je fulmineray si vous ne nous
écrivez point ; & peut-être trouveray-je
de saintes Ames qui auront la charité de
m'aider à médire de vous.

Il n'est rien de plus assuré
Si vous nous refusez quelque honnête parole,
Que je vais m'enfermer à Maule,
Et joindre mes chagrins à ceux de mon Curé.
Là, nous pourrons, sans nous contraindre,
Goûter le plaisir de nous plaindre,
Luy, de la dureté de vôtre cher Epoux
Qui, loin de luy laisser dequoy faire ripaille,
A taxé son Fermier à cent écus de taille ;
Et moy, de la froideur que vous avez pour
nous.

A MONSEIGNEUR

LE PRINCE,

Pour avoir le Sentiment de
S. A. S. sur un commence-
ment d'Histoire.

MONSEIGNEUR,

J'envoye à Vôtre Altesse Sérénissime un essay d'Histoire telle que je voudrois l'écrire, pour obliger un jeune Prince à l'apprendre presque en se joüant. L'Esprit, qui est bien aise de trouver du repos dans les plus sérieuses occupations, se délasse icy à mesure qu'il travaille ; & la Mémoire se remplit sans se fatiguer. Je n'y obmets rien de tout ce qu'il est absolument necessaire de sçavoir ; & ne l'enfle point de quantité d'incidens inutiles où le Lecteur

prend si peu de part qu'il se fait un plaisir de les oublier aussi-tôt qu'il les a
lûs. Je ne sçay, Monseigneur, si je me
trompe : mais il me semble que sçavoir
tout ce qu'il y a de beau dans l'Histoire, c'est proprement ce qu'on appelle la bien sçavoir. Quand on parle d'A-
lexandre, de Cesar, & de tant d'autres
grands Hommes dont la Mémoire sera
respectée de tous les Siecles, on se contente de citer les belles Actions qu'ils
ont faites, & les motifs qui les y ont
obligez, sans s'arrêter à plusieurs petites circonstances, qui souvent ne servent qu'à grossir un Volume : Et pour
dire quelque chose de plus juste, sans
qu'il soit besoin de chercher des Exemples si éloignez, n'est-il pas vray, Monseigneur, qu'un jour quand on trouvera
vôtre Nom dans toutes les Histoires de
l'Europe, le Lecteur fâché de vous perdre un moment de veuë passera tous
les endroits qui ne vous concerneront
pas, pour avoir le plaisir de suivre sans
interruption la rapidité de vos Conquêtes ? Des Personnes d'une profonde Erudition, & de qui l'Ame est trop élevée
pour descendre à la flaterie, m'animent

à continuer ce grand deſſein juſques à
vous, & ſoûtiennent que c'eſt travailler
pour l'utilité publique, & rendre ſervice à tous les jeunes Gens de Qualité, qui ſouvent étant allarmez quand
on leur propoſe la lecture de beaucoup
de Livres, ſeront ravis de trouver dans
un ſeul ce qu'il y a de plus conſiderable dans pluſieurs; & regarderont comme un divertiſſement ce qu'auparavant
ils regardoient comme une affaire. Si
ce commencement a déja plû, quoique
la barbarie des premiers Regnes n'é-
tale que des Exemples odieux, n'ay je
pas lieu de croire, Monſeigneur, que
lors que j'en ſeray à ces heureux Tems
où les Heros dont vous êtes deſcendu
ſe ſont ſi glorieuſement ſignalez, la beauté de la Matiére en ajoutera à la ſuite
de cet Ouvrage; & que ſi mon ſtile eſt
digne d'un ſi grand Sujet, il n'y aura
rien de plus achevé quand j'y auray
mis l'Hiſtoire de vôtre Vie? N'étoit que
Monſeigneur le Duc de Bourbon n'aura
pas beſoin qu'on luy applaniſſe aucune
voye pour ſuivre les Routes que vous
luy avez tracées, auſſi bien dans les
Sciences que dans les Armes, je dirois

à V. A. S. que ce jeune Prince est le seul Objet que j'ay en veüe ; & que pour luy donner de bonne heure une genereuse émulation par le recit des Vertus de son invincible Ayeul, j'ay choisi exprés la façon d'écrire que j'ay crû capable d'instruire le plus, & de rebuter le moins. J'attens, Monseigneur, le sentiment de V. A. S. pour continuer ou pour interrompre un Ouvrage dont vôtre Jugement reglera la destinée : & vôtre permission pour me dire, avec un profond respect,

MONSEIGNEUR,

De V. A. S.

Trés-humble, & trés-obéïssant serviteur,

APOSTILLE.

Vous sçavez, Monseigneur, de quelle maniere je fus vilipendé quand je dis ces jours passez que le ROY avoit traduit les Commentaires de César, &

Monsieur l'Epitôme de Florus. A peine V. A. S. eût-elle dit qu'elle ne croyoit pas que cela fût que nombre de Gens, pour faire leur Cour, soûtinrent que cela ne pouvoit être ; & peu s'en fallut que son pétulent Médecin ne m'appellât imposteur. Je me suis fait un point d'honneur de vous les chercher : &, grace au Ciel, je les envoye à V. A. S. pour luy faire voir que le grand Bourdelot, qui décide si absolument de tout, n'est pas toûjours infaillible.

RE'PONSE

RE'PONSE

DE SON ALTESSE SERENISSIME,

A L'AUTEUR.

J'Ay reçû le commencement d'Histoire que vous m'avez envoyé ; avec les Commentaires de César traduits par le Roy, & l'Epitôme de Florus par Monsieur. Il n'y a jamais eu d'Auteurs de plus grande Qualité. Pour vous vanger de Bourdelot je les luy ay fait voir : & je le crois assez humilié pour aller une autrefois bride en main. Je vous manderay mon sentiment de vôtre Manuscrit quand je l'auray lû. Je suis persuadé par avance qu'il me fera beaucoup de plaisir.

LOUIS DE BOURBON.

E

A MONSIEUR

FURETIERE,

DE L'ACADEMIE FRANÇOISE,

ABBE' DE CHALIVOY,

**En luy envoyant deux Scénes
d'une Comédie.**

J'AY veu, Monſieur, le jeune homme
que vous m'avez envoyé ce matin ;
& trois Actes de la Comédie qu'il a
faite. J'en aurois volontiers oüy davantage par le plaiſir que j'en recevois ;
mais l'obligation d'aller aujourd'huy à
la Meſſe , & enſuite dîner chez Monſieur de Bartillat, m'a dérobé cette ſatisfaction. Il me l'a laiſſée ; & doit revenir demain à la même heure me
prier de luy en dire mon ſentiment.
Le vôtre luy auroit été bien plus avantageux que le mien , & vous luy au-

riez donné de bien meilleurs avis, si vous aviez eu le loisir de l'entendre. Cependant, Monsieur, puisque vous m'en remettez le soin, & que par le Billet que vous m'avez fait l'honneur de m'écrire, vous me témoignez y prendre beaucoup de part, je vous diray, de la meilleure foy du monde, que sa Piece est toute brillante d'esprit, mais trop Satirique, au moins à ce que je croy, pour être representée. Nous avons eu même une petite contestation sur une Scéne que je luy ay conseillé de retrancher, mais à quoy il ne se peut résoudre, soûtenant que c'est ce qu'il y a de plus beau : & effectivement elle seroit trés-jolie, si elle n'étoit point si maligne. C'est un Juge, qui est sollicité par des Parties : Et parce qu'il le place dans un Païs renommé pour la Chicane & pour la Concussion, il prétend être en droit de tout dire sans que les autres Juges puissent s'en formaliser. Loin de croire le désobliger de vous en envoyer une Copie, je crois au contraire luy rendre un fort bon office. Vous êtes son Ami : vous avez été Conseiller au Châtelet ; & je ne sçay

E ij

si pendant que vous l'êtiez vous auriez
entendu sans émotion les Vers que vous
allez lire.

MONSIEUR GODARD , & MONSIEUR PILLARDIN.

M. GODARD.

Trouvez-vous à propos que je suive vos pas,
Monsieur ?

M. PILLARDIN.

Pourquoy, Monsieur ? Quel dessein est le
vôtre ?

M. GODARD.

Mon fils est prisonnier. On l'a pris pour un
autre.

M. PILLARDIN.

Ha ! je ne vous remettois pas.

Il est vray, c'est une méprise ;

Les Archers qui l'ont pris ont tort ;

Jamais dans un abus je ne les autorise ,

Et quand ils ont failly j'en demeure d'accord.

Vôtre fils, honneste homme, il est juste qu'il
sorte ;

Je suis sûr qu'il est innocent ;

Mais à moins de la Clef, en un mot comme en
cent,

On ne luy peut ouvrir la porte.

M. GODARD.

Vous êtes abſolu ſur tous les Géoliers,
Et mon fils n'a point de Partie.
Les Guichetiers. . . . .

M. PILLARDIN.

Les Guichetiers,
Ont la Clef de l'entrée, & non de la ſortie.
Voulez-vous briſer ſes verroux !

M. GODARD.

J'en fais ma plus ſenſible joye.
A qui dois-je parler ? Qui faut-il que je voye !
Qui peut le faire ſortir ?

M. PILLARDIN.

Vous

On ne peut ouvrir ſa porte
Qu'avec une Clef d'argent.

M'entendez-vous ?

M. GODARD.

Eh quoy ! mon fils eſt innocent :
Ceux qui l'ont arrêté ſe ſont mépris.

M. PILLARDIN. N'importe,
E iij

M. GODARD.

Ce n'eſt point un méchant, dans le vice abîmé ;
Du lieu qui le retient l'Equité veut qu'il ſorte.
   C'eſt un innocent opprimé :
Vous-même vous venez de l'avoüer.

M. PILLARDIN.
      N'importe.

M. GODARD.
   Outre l'affront qu'il a ſouffert
Que ne méritoit pas un homme de ſa ſorte ;
Des vos fripons d'Archers le *Qui-pro-quo* le
   perd :
Il eſt décrédité ſans reſſource.

M. PILLARDIN.
      N'importe

M. GODARD.
Mon fils n'eſt point coupable. Un Avocat pro-
   fond
Appelle ſa priſon une injuſtice énorme.

M. PILLARDIN.
   Non, il n'eſt pas coupable au fond ;
   Mais il eſt ſujet à la forme.
Pour ſortir de priſon la forme eſt de payer.

M. GODARD.
   Hé, faut-il une groſſe Somme ?

M. PILLARDIN.

Voyez là-dessus mon Greffier ;
Façonné de ma main c'est un fort honneste
homme.
Ouvrez-luy vôtre bourse, il en usera bien.

M. GODARD, *s'en allant.*

Quel sort il faut que je subisse !
En verité je ne sçay rien
De moins juste que la Justice.

AUTRE SCENE.

M. PILLARDIN, & M. TIBAUT.

M. PILLARDIN.

Quel autre homme est-ce cy ?

M. TIBAUT.

Monsieur, depuis six mois
Je viens vous demander tous les jours Au-
dience :
Vous me l'avez promise au moins quarante fois
Et jamais.....

M. PILLARDIN.

Ayez patience.
Quand un Plaideur est si pressé

E iiij

Je le foupçonne d'artifice.

M. TIBAUT.

Eh Monfieur, je ne veux qu'Audience, & Juftice.

Quand puis-je m'affurer de l'avoir ?

M. PILLARDIN.

Je ne fçay.

M. TIBAUT.

Donnez-la moy demain. J'auray l'ame ravie
D'être condamné fi j'ay tort,
Demain, décidez de mon fort.

M. PILLARDIN.

Je ne puis.

M. TIBAUT.

Et quand donc ?

M. PILLARDIN.

Quand j'en auray l'envie.

M. TIBAUT.

Si je vous en fais fuplier
Par une jeune fille admirablement belle ,
Qui prés de vous, Monfieur, offre de m'ap-
puyer ,
Pourray-je me flater d'être.....

M. PILLARDIN.

Quel âge a-t-elk ?

M. TIBAUT.

A peu pιés quatoize ou quinze Ans :
Fiere, mais fans être farouche :
Les Cheveux blonds, les Yeux perçans ;
Une Gorge naiffante; & fur tout une Bouche....
Elle a plus de beautez qu'on n'en peut concevoit.
Ses Lévies de coral, font deux petites blanches,
Qui couvrent les Dents les plus blanches.,,

M. PILLARDIN.

Ouf ! Revenez tantôt me voir.
Vôtre Caufe fût-elle abominable, horrible,
Il ne faut point vous étonner :
Par le tour délicat que j'y prétens donnex
J'en rendray le gain infaillible.

On ne peut difconvenir que ces Veιs ne foient extrémement aifez ; que le tour n'en foit fort agréable ; & qu'il n'y ait par tout beaucoup d'efpιit : mais il me femble que l'Auteur entre dans un détail qui intereffe bien du monde ; & j'ay peur même qu'il n'en rende les Portraits trop reffemblans. Il y a dans ce que j'ay déja vû cinq ou fix Scénes auffi vives & auffi piquantes que les

deux petites que vous venez de voir, &
qui regardent des personnes plus confi-
dérables. Je ne doute point que sur le
Théatre cela ne fist beaucoup de plaisir
au Peuple : mais par la suite cela n'en
feroit peut-être pas à l'Auteur ; & je
répondrois mal à la confiance que vous
avez en moy, si je ne vous disois sin-
cérement ce que je pense. Je verray le
reste avant que de me coucher ; & je
vous diray demain chez Monsieur Char-
don toutes les remarques que j'y auray
faites. Si je puis luy être bon à quelque chose auprés des Comédiens, son
mérite & vôtre considération sont deux
puissans motifs pour m'engager à y faire
tout de mon mieux. Vous devez, Monsieur, en être aussi assuré que de l'estime
sincére avec laquelle vous sçavez que je
suis Vôtre trés-humble & trés-obeïssant
serviteur.

Ce Dimanche au soir.

A MONSEIGNEUR

L'EVESQUE ET DUC

DE LANGRES,

PAIR DE FRANCE.

Touchant les Livres terminez
en ïANA.

Remarques & bons Mots.

MONSEIGNEUR;

J'ay déja eu l'honneur de vous mander que depuis le FURETIE'RIANA, il
n'a paru aucun Livre de même termi-
naison, & que si j'en découvrois quelque nouveau je vous l'envoirois à mesure qu'on l'imprimeroit, pour vous é-
pargner le chagrin de trop attendre. Je
vous ay envoyé SCALIGE'RIANA,

TIIUANA ET PERRONIANA , ME'NA-
GIANA , VALE'SIANA , SORBERIANA ,
ARLEQUINIANA , ET FURETIE'RIANA :
je vous jure, Monſeigneur, que je n'en
connois point d'autres : Et puiſque Vôtre
Grandeur prend plaiſir à cette lecture,
elle ne doit point douter que je ne m'en
fiſſe un trés-grand de luy procurer ſouvent l'occaſion d'en recevoir. Tout ce
que je puis faire pour vôtre ſervice, en
attendant qu'on mette au jour quelques
Nouvelles Remarques que je puiſſe vous
envoyer ; c'eſt, Monſeigneur, d'en faire
moy-même, dans toutes les Lettres que
je prendray la liberté de vous écrire :
Peut-être les trouverez-vous auſſi cu-
rieuſes que celles que vous avez veuës ;
& ſi elles ont l'avantage de vous divertir je ne manqueray pas de vous envoyer, au moins une fois chaque ſemaine, dequoy vous dés-ennuyer quelques momens. Si par hazard il m'é-
chape quelque choſe d'un peu libre, je
ſuplie trés-humblement vôtre Grandeur
de ſe ſouvenir que les *bons mots* ſont
ennemis de la contrainte, & de ne pas
m'accuſer de luy manquer de reſpect
quand je cherche à luy faire voir mon

zele. J'en uferay avec tant de circonf-
fpection, que loin d'exprimer une matiére obcéne par des termes impurs, je
tâcheray de corriger l'obcénité de la
matiére, par la pureté des termes. Je
commence, Monfeigneur, par une Remarque qui d'abord vous paroîtra in-
rroyable, & qui eft cependant une conf-
tante verité.

Qui croiroit qu'il y ait à Paris une
Bru dans une parfaite fanté, & d'une
médiocre vieilleffe, dont le beau-Pére
eft mort il y a plus de fix-vingts ans ?
Je parle, Monfeigneur, de Madame la
Ducheffe d'Angoulefine qui demeure à
fainte Elizabeth. Elle eft Bru de Charles I X. qui mourut l'an 1574. Depuis
Charles I X. nous avons eu Henri I I I.
Henri I V. Loüis X I I I. & Loüis le
Grand, qui Régne il y a cinquante quatre ans ; & qui en Regneroit encore
autant fi les vœux de fes Sujets étoient
exaucez. Peut-être depuis les premiers
âges, où les hommes vivoient fi long-
temps, n'y a-t-il eu de Bru que Madame d'Angoulefine qu'on ait veu dans
une pleine fanté plus de fix-vingts ans
après la mort de fon Beau-pere. Quel-

que longue que sa vie puisse être elle en
a toûjours fait un si bon usage, qu'elle
mourra avec plus de Vertus que d'années.

Voicy une autre Remarque qui ne paroîtra pas moins extraordinaire à Vôtre
Grandeur, mais que je ne luy garentis
pas si véritable ; parce qu'elle est de loin,
& que je parle sur la foy d'autruy. Ta-
vernier, qui a fait cinq ou six fois le
tour du Monde, rapporte dans un Volume de ses Voyages, qu'étant en Perse
un de ses Amis luy donna la connoissance d'un homme, âgé de cent ans, qui
n'avoit jamais menti. Le Roy de Perse
ayant voulu s'éclaircir luy-même d'une
chose qui luy sembloit merveilleuse, envoya chercher cet homme, & luy dit :
Est - il vray que vous ayïez cent ans ?
Oüy, Sire, luy répondit-il : j'ay même
quelques semaines davantage ; mais si
peu que je n'ose dire à Vôtre Majesté
que j'aye plus de cent ans. Il est assez
rare, luy dit le Roy, d'avoir, dans un âge
si avancé, une santé si parfaite. Je suis,
luy répliqua-t'il, d'une complexion assez
heureuse : quoique la diversité des vian-
des ne me déplaise pas, je n'en mange

à chaque repas que d'une feule ; & quelque vieux que je fois je ne me fouviens point d'avoir jamais fait de débauche préjudiciable à ma fanté. Tout cela eft parfaitement beau, continua le Roy; mais on dit de vous une chofe incomparablement plus belle : on dit que vous n'avez jamais menti. C'eft dequoy, Sire, je ne voudrois pas pofitivement affurer Vôtre Majefté, repartit le Vieillard : il y a fi peu d'hommes qui ne mentent que je n'ofe me flater de n'avoir jamais menti : mais depuis que j'ay commencé à me connoître j'ay trouvé quelque chofe de fi bas dans le Menfonge, & par conféquent de fi indigne d'un homme, que s'il m'en eft échapé quelqu'un ç'a été fans m'en apercevoir. *Qui étoit vôtre Pere?* luy demanda le Roy. *Ma foy, Sire, je n'en fçay rien :* luy répondit-il. Aprés avoir été cent ans fans mentir il vid trop de rifque à dire qui étoit fon Pére.

Dans une petite Jurifdiction de vôtre Diocéfe, il y avoit une efpéce d'Avocat (& peut-être même y eft-il encore) appellé Céfar Coupé, qui faifoit parfaitement bien de méchans Vers. Son

grand Talent étoit de faire des Ana-
grammes ; & fon Cabinet en étoit plus
rempli que de Sacs. Ces occupations
puériles & infructueuses, préférées aux
raifonnables & utiles, Céfar Coupé au
lieu d'acquérir du bien par fon Travail
diffipa le peu qu'il en avoit eu de fon
Pére. Sa femme qui étoit l'une des plus
jolies de la Ville, & dont on parloit mal
(fans médire) craignant qu'il ne diffi-
pât aufli le bien qu'elle luy avoit ap-
porté, intenta procés pour en être fé-
parée; & le fut. Tous ceux contre qui
fon Mary avoit fait de malignes Ana-
grammes fe rejouïrent de fa difgrace :
& ce qui luy fut le plus fenfible, on
chercha à faire fon Anagramme comme
il avoit fait celles de tant d'autres. Sa
féparation d'avec une femme qui n'é-
toit pas Veftale donna lieu à une Anagramme fi heureufe qu'il feroit mal aifé
d'en trouver une plus jufte. Sans y changer une feule Lettre ni un feul accent,
on trouva dans CE'SAR COUPE', COCU
SE'PARE'. Je vous jure, Monfeigneur,
que ce n'eft point un Conte que l'Efprit
ait inventé; mais une bizarrerie que le
Hazard a découverte.

Ij

Il n'eſt rien de plus beau que la Science & l'Eſprit unis enſemble ! mais ils
ne vont pas toûjours de compagnie : &
quoy qu'un homme Sçavant ſuppoſe
preſque toûjours un homme d'Eſprit,
ce n'eſt pas une Régle, ſans exception.
Théophile qui a fait de ſi bons & de ſi
méchans Vers qu'ils ne paroiſſent pas
d'un même homme, avoit beaucoup
d'Eſprit, & n'avoit que médiocrement
d'Etude. Un jour diſputant avec un Religieux d'une profonde Erudition, qu'il
mettoit fort ſouvent en état de ne luy
pouvoir répondre, ce Docteur, chagrin
d'être battu par un homme moins Sçavant que luy, eut l'imprudence de luy
dire: *En vérité, Monſieur Théophile,
c'eſt dommage que vous ayiez tant d'Eſprit, & ſi peu d'Etude. En vérité, mon
Révérend Pére*, luy répondit Théophile, *c'eſt dommage auſſi que vous ayiez
tant d'Etude, & ſi peu d'Eſprit.*

Un Païſan malin eſt une auſſi maligne
Beſte qu'il y en ait au Monde. Je croy,
Monſeigneur, que vous avez connu par-
ticuliérement feu Monſieur de Maupéou,
Evêque & Comte de Châlon ſur Saône.
Un jour de ſaint Martin ce Prélat étant

F

bien aife de profiter du beau temps qu'il faifoit, fut aprés-dîné fe promener à pied hors de la Ville. La Vendange ayant été belle & abondante, il trouva un fi grand nombre de Païfans qui joüoient, les uns aux quilles, les autres à la boule, tandis que d'un autre côté il y en avoit qui bûvoient & chantoient, qu'il en fut non feulement furpris, mais chagrin. Que de Gens à yvrogner, dit-il à quelques Chanoines qui l'accompagnoient, pendant qu'il y en a fi peu au Catéchifme ! Ils aiment mieux employer le temps à fe débaucher qu'à s'inftruire ; & retiennent bien plus aifément une Chanfon diffoluë que les Articles de leur Croyance. Viença par exemple gros Maraut, continua-t'il, en s'adreffant à celuy dont il étoit le plus prés : Combien y a-t'il de Dieux ? *Pargué Monfeigneur*, répondit le Païfan en fon patois, *il n'en y a qu'un ; encore eft-il bien mau Sarvy par vous autres Gens d'Eglife.* Monfieur de Maupéou ne jugea pas à propos de l'interroger davantage de peur de s'attirer une feconde impertinence.

Ce ne fut pas tout à fait un Païfan,

mais quelqu'un d'un cran au deſſus qui
étant querellé par un Intendant de Province (qui ne paſſoit pas pour un des
plus Sages du Monde) de ce qu'on n'a-
voit point mis de Gardefoux à un Pont
ſi étroit qu'à peine y avoit-il ſûrcté
pour ſon Caroſſe, luy fit la réponſe qui
a donné lieu à cette Epigramme.

Certain Intendant de Province

Qui menoit avec luy l'Equipage d'un Prince,

En paſſant ſur un Pont parut fort en cour-
    roux :

Pourquoy, demanda-t-il au Maire de la Ville,

    A ce Pont étroit & fragile

    N'a-t-on point mis de Gardefoux ?

    Le Maire craignant ſon murmure,

Pardonnez, Monſeigneur, luy dit-il aſſez haut;

    Nôtre Ville n'étoit pas ſûre

    Que vous y paſſeriez ſi-tôt.

Dans une petite Ville de Bourgogne
feu Monſieur le Prince trouva un de ces
Meſſieurs les Maires Subalternes, d'autant plus ridicule qu'il ſe croyoit ex-

F ij

trémement habile homme. Il avoit com-
poſé une harangue de cinq ou ſix pages,
qu'il ne communiqua à perſonne, de
peur qu'on ne luy dérobât quelqu'une
de ſes penſées. Le jour venu que Monſieur le Prince y devoit arriver, la Ville
s'étant miſe ſous les Armes, & le Maire en Robe à la tête des Echevins, l'é-
tant allé recevoir à la Porte; MONSEI-
GNEUR, luy dit-il, *De toutes les Villes*
qui ont l'honneur d'être dans le Gou-
vernement de VÔTRE ALTESSE SE'RE'-
NISSIME, *la plus petite ſeroit ravie de*
vous faire connoître qu'il n'y en a point
qui ait un ſi grand zele. Elle ſçait qu'un
moyen infaillible de plaire au Guerrier
le plus grand de nôtre Siécle, c'étoit de
le recevoir au bruit d'une nombreuſe
Artillerie : mais il nous a été impoſſi-
ble de faire tirer du Canon, par dix-
huit raiſons. La premiére, c'eſt, Mon-
ſeigneur, qu'il n'y en a point, & qu'il
n'y en a jamais eu en cette Ville . . . . . *Je*
ſuis ſi content de cette raiſon, dit Monſieur le Prince, *que je vous quitte des*
dix-ſept autres.

Pendant le dernier Jubilé que nous
avons eu, un gros Marchand de la ruë

faint Honoré, qui fçavoit mieux l'Arithmétique que le Droit-Canon, fut fe confeffer dans le Convent de Paris où il y a le moins d'Ignorans. Entre autres péchez concernant le commerce qu'il faifoit, il s'accufa d'avoir acquis un Bénéfice pour fon fils, qu'un jeune Abbé, d'une Confcience aifée, avoit permuté contre de l'argent. Allez, Miférable, luy dit auffi-tôt le Confeffeur, fortez promtement de cette Eglife, & ne la foüillez pas davantage par la prefence d'un abominable Réprouvé. Eft-il poffible, mon trés-Reverend Pere......... Laiffez-là vos Superlatives grimaces, interrompit brufquement le Religieux: je regarde comme autant d'injures les hypocrites civilitez d'un Simoniaque. Quoy, mon Pere, ajoûta le Pénitent, vous me refufez l'Abfolution! Je m'en vais donc vers Monfieur le Pénitencier. Le Pénitencier, l'Archevêque, le Pape même ne fçauroit vous la donner que vous ne vous foyïez défait de ce pernicieux Bénéfice; & que vous n'ayïez promis de faire une pénitence proportionnée à l'énormité du crime que vous avez commis. Le Marchand affrayé de

ce que luy difoit fon Confeſſeur, & ſe
doutant bien qu'il n'en ſeroit pas quitte
ailleurs à meilleur marché, prit congé
de luy, avec proteſtation de quitter ce
Bénéfice, puiſqu'il ne pouvoit avoir
l'Abſolution autrement. Quinze jours
ou trois ſemaines après, l'étant allé re-
trouver : Hé bien, luy dit le Confeſſeur
en l'abordant, vous êtes-vous défait de
ce malheureux Bénéfice ? *Oüy*, *mon Pe-*
re, luy répondit le Marchand, ravy de
la bonne Action qu'il avoit faite : *Et*
qui plus eſt, ajoûta-t-il, *vous m'aviez*
fait une ſi grande peur que je n'ay pas
voulu gagner un ſou deſſus ; je l'ay re-
vendu juſtement ce qu'il m'avoit coûté.
Je laiſſe à Vôtre Grandeur à s'imaginer
s'il fut bien reçû à demander l'Abſolution.

L'Yvrognerie, qui eſt un vice deteſté
des honnêtes Gens, étoit une eſpéce de
Vertu à feu le Maréchal de Rantzau,
par le bon uſage qu'il en ſçavoit faire.
Il ne montroit jamais plus de Courage que lors qu'il avoit bien bû.
Peut-être depuis que l'on fait la
Guerre n'y a-t-il eu aucun homme plus
mutilé qu'il l'étoit ; & ce qui luy man-

quoit étoit ce qui publioit sa Gloire. Il
n'avoit qu'un Bras, qu'une Jambe, qu'un
Oeil, qu'une Oreille ; en un mot il n'a-
voit qu'un de tout ce qu'un homme peut
avoir deux : & ce grand homme n'en é-
toit, pour ainsi dire, que la moitié
d'un. Cette difformité, qui faisoit la
beauté de sa vie, fit aussi la beauté de
son Epitaphe. On adressa ces six Vers à
son Tombeau.

Du Corps du grand Rantzau tu n'as qu'une des
 parts ;
L'autre moitié resta dans les Plaines de Mars ;
Il dispersa par tout ses Membres & sa Gloire :
Tout abbattu qu'il fût il demeura Vainqueur ;
Son Sang fut en cent lieux le prix de sa Victoi-
 re ;
Et Mars ne luy laissa rien d'entier que le Cœur.

Quoi-qu'il y ait prés de cinquante ans
que cette Epitaphe a été faite, & que
depuis ce tems-là nôtre Langue se soit
bien perfectionnée, je croy qu'il seroit
difficile de la mieux faire. Le R. P. Bou-

hours, qui écrit avec tant d'élégance &
de netteté, n'eſt pas de cet avis; & dit
qu'outre le Cœur Mars laiſſa au Maréchal de Rantzau le Poumon & le Foye.
On ne peut nier que ſa Critique ne ſoit
raiſonnable : cependant s'il ne l'avoit
pas faite, on dit qu'il auroit encore eu
plus de raiſon. Le Maréchal de Rantzau
avoit été Page du Prince de Condé,
Ayeul de Monſieur le Prince d'aujour-
d'huy; & ce qui ne s'étoit jamais vû,
& ne ſe verra peut être jamais, ce Prince eut quatre de ſes Pages Maréchaux
de France, & encore quels Maréchaux
de France! Le Maréchal de Rantzau, le
Maréchal de Thoyras, le Maréchal de
Gaſſion, & le Maréchal de la Motte-Ho-
dancourt.

Trouvez bon, Monſeigneur, que cette
Epitaphe ſoit ſuivie d'une autre moins
ſérieuſe, qui pourtant a été autrefois
dans une Paroiſſe de Paris, d'où, à ce
qu'on m'a aſſuré, il n'y a que douze ou
quinze ans qu'on l'a ôtée. J'ay eu beaucoup de peine à le croire : mais des Gens
dont la probité n'eſt point ſoupçonnée,
& qui ne ſont pas inconnus à Vôtre
Grandeur, me l'ont ſi poſitivement cer-
tifié

tifié que je ne puis en douter sans leur
faire injure. Quoi qu'il en soit, je vais
la mettre icy mot pour mot comme on
me l'a dite : & si vous trouvez que ma
liberté aille un peu trop loin, vous verrez, Monseigneur, à la moindre petite
remontrance que vous aurez la bonté
de me faire, que je suis l'homme du
monde le plus aisé à convertir.

> Cy-gist le vieux Corps tout usé
> Du Lieutenant Civil Rusé,
> Auquel il coûta maint Ecu
> Pour être déclaré Cocu.
> A son Frère il n'en coûta rien,
> Et cependant il le fut bien :
> De ce nombre il en est assez ;
> Priez Dieu pour les Trépassez.

On disoit hier aux Tuilleries que le
Prince d'Orange, enragé d'avoir été
battu à Fleurus, à Stéinxerque & à Ner-
winde, & fulminant contre l'Ascen-
dant que le Duc de Luxembourg avoit
sur luy, disoit : *Est-il possible que jamais*
je ne batte ce Bossu-là ! Et que Monsieur

G

de Luxembourg en ayant été informé, avoit répondu : *Comment fçait-il que je fuis Boffu? il ne m'a jamais vû par derriere.*

Pour peu que j'ajoute encore à cette Lettre, il ne faudra plus qu'y mettre un Titre en N A, & ce fera dequoy faire un petit Volume. Si les Remarques qui y font ne vous plaifent pas il y en a trop; & fi elles ont l'honneur de vous plaire, moins il y en aura plus elles vous fembleront bonnes. Vos ordres, Monfeigneur, ou vôtre filence m'apprendront le goût que vous y aurez pris : & ce qu'il faudra que je faffe pour vous marquer que je fuis avec autant de zele que de refpect,

MONSEIGNEUR,

De Vôtre Grandeur,

Trés-humble & trésobéïffant ferviteur.

RE'PONSE

DE MONSEIGNEUR

DE LANGRES,

A L'AUTEUR.

IL y a long-temps, Monſieur, que je n'ay eu un ſi grand plaiſir qu'à la lecture de la Lettre que vous m'avez écrite. Si je ne vous dérobe point trop de momens vous m'obligerez de m'en écrire une au moins toutes les ſemaines pendant mon ſéjour icy. Un Volume entier des Livres que vous m'avez envoyez ne contient pas tant de choſes que la Lettre que j'ay reçûë de vous ; & de remarque en remarque j'ay toûjours eu une nouvelle ſatisfaction. Tout ce que Langres a de perſonnes de diſtinction y ont pris le même plaiſir que moy ; & vous nous feriez grand tort à tous ſi vous ne m'écriviez plus. Je vous

G ij

donne l'abſolution par avance de tout ce que vous y mettrez, étant perſuadé que vous n'y mettrez rien qui ne ſoit d'un honnête homme. S'il y a quelque occaſion, ſoit icy, ſoit à Paris où je vous puiſſe rendre quelque bon office ne doutez point, Monſieur, que je ne ſois entiérement à vous.

L'EVESQUE DUC DE LANGRES.

A MONSIEUR

DE FIEUBET,

Conseiller d'Etat, Ordinaire.

LETTRE ET FABLE.

SI j'étois dans un âge d obtenir des Lettres de Récision, je vous jure, Monsieur , que je me ferois relever de l'engagement que vous avez exigé de moy. Croyez-vous qu'il soit aisé d'écrire à un homme aussi délicat que vous, quatre Lettres , pendant le peu de séjour que le Roy fera à Fontainebleau , & que dans chacune il y ait une Fable qui quadre à la matiere dont je vous entretiendray ? C'est en verité me donner deux fois plus de besogne que je n'en puis faire ; & par conséquent il y a lézion de moitié. Par exemple , vôtre grand Laquais arriva hier qu'il étoit plus de huit heures du soir, & s'en retourne

G iij

aujourd'huy à Midy précis. Mettez la
main à la Conscience : y a-t'il assez de
tems pour faire une Lettre & une Fable ;
& sur tout pour les faire comme vous
souhaitez qu'elles soient ? Je ne sçay
même par où commencer ma Lettre, à
moins que je ne vous mande que le
pauvre Monsieur de Roüilly que vous
trouviez un si honnête homme, & qui
effectivement avoit autant d'indigence
que de Vertu, mourut Dimanche ; &
que le gros Monsieur * * * qui a été de
tous les Partis qui se sont faits depuis
trente Ans, & qui étoit plus riche que
trois Ducs & Pairs des moins endettez,
mourut Lundy. Le premier, qui a toûjours vécu dans la pauvreté, mais dans
l'innocence, est mort aimé de tous ceux
qui le connoissoient : & l'autre, qui a
passé toute sa vie dans l'opulence, mais
dans l'iniquité, est mort haï de ceux
mêmes qui ne le connoissoient pas.
L'un, qui n'avoit presque rien, se pri-
voit du necessaire pour en assister les
Pauvres ; & l'autre, qui étoit continuellement dans l'abondance ne leur donnoit jamais rien de son superflu. L'un
vivoit frugalement, & ne trouvoit ja-

mais rien de mauvais : l'autre ne mangeoit rien qui ne fuſt exquis , & ne
trouvoit jamais rien de bon. Enfin,
Monſieur, à faire reflexion ſur la maniere dont la Fortune en a uſé envers
ces deux hommes , il me ſemble voir
une jeune Dame d'une condition diſtin-
guée, qui l'année paſſée avoit un Chien
& une Poule qui moururent dans un même jour ; & qui s'offrent le plus heureuſement du monde pour être le ſujet de
la Fable que vous allez voir.

LE CHIEN ET LA POULE.

FABLE.

Un Chien deffunt paſſoit en ſon vivant
    Pour la Merveille des Merveilles :
    Jamais , dit-on , Chien n'eut auparavant
    Nez plus petit ni plus grandes Oreilles.
Quoi que ſot & farouche il faiſoit le plaiſir
    D'une jeune & folle Maîtreſſe ,
    Qui jamais n'avoit de loiſir
    Sans luy faire quelque careſſe.
    Il ne mangeoit que du Biſcuit ;

G iiij

Ne buvoit que du lait dans de la Porcelaine ;

      Et ne reposoit jour & nuit

Que sur des Matelas de la plus fine laine.

      La Dame ayant beaucoup d'attraits,

(Marchandise qui fuit avec le temps qui coule)

Pour les entretenir nourissoit une Poule

Dont tous les jours sans faute elle avoit un Oeuf
      frais.

      Quoi qu'elle luy fût plus utile

      Que le petit camard de Chien ,

Jamais à cette Poule elle ne donnoit rien

Tant le pauvre Animal luy sembloit imbécile.

      Elle ne vivoit bien souvent

Que de quelque Araignée , ou de quelque Che-
      nille ;

      Et couchoit sur une Cheville

Exposée aux rigueurs de la Pluye & du Vent.

Un jour, de Nouriture ayant grande disette ,

Elle entra par hazard dans la Sale à manger,

Esperant sous la Table attraper quelque miette ;

Mais le Chien l'apperçût qui la fit enrager.

      La deffense étant naturelle

La Poule aux coups de dent répond à coups de
      bec :

Et la Maîtresse injuste , aussi bien que cruelle

Pour la punir de son peu de respect
Veut que sur le champ elle meure.
Quelques momens aprés ayant mis son Tou-
tou
Sur un lit de Velours, pour y dormir une heu-
re,
Il se laisse tomber, & se casse le cou.
Les voilà tous deux morts. Voyons la suite. On
crie:
La Maîtresse du Chien paroît au desespoir;
Pleure; gémit; soupire: Et pour dernier De-
voir
Le fait jetter à la Voirie.
La Poule eut un plus heureux sort:
A peine la clarté luy fut-elle ravie
Que par les honneurs de sa mort
On la dédommagea des peines de sa vie.
Pendant qu'au milieu d'un Egoût
Le Chien barbote dans l'Ordure
Au gré de sa Maîtresse elle est d'un si bon
goût
Qu'elle en veut elle-même être la Sépulture.

Si le Vice est si haut, & la Vertu si bas
Il ne faut pas qu'on s'en irrite;

Pour le moins aprés le trépas
Rend-on justice au vray Mérite.

Peut-être, Monsieur, trouverez-vous
que c'est un peu tard : mais si les loüanges d'aprés la mort sont infructueuses,
au moins ne sont-elles pas suspectes ; &
le pauvre Monsieur de Rouïlly n'étant
pas d'un rang à avoir une Oraison funé-
bre, il est à l'abry de la Flaterie & du
Mensonge. Quoi-que vous y gagniez
Cent Ecus de rente par l'extinction de
la Pension que depuis dix ans vous aviez
la bonté de luy faire, je ne doute point
que sa mort ne vous afflige : mais la piété dont elle a été accompagnée, les é-
loges dont elle est suivie, & quelque
petite reflexion sur les Cent Ecus que
vous ne donnerez plus, vous en console-
ront mieux que tout ce que je vous pourrois dire. Au reste, Monsieur , quand
j'aurois de plus agréables Nouvelles à
vous mander, vôtre Laquais ne me donneroit pas le loisir de vous les apprendre. Il me soûtient qu'il est plus d'une
heure ; & de peur que je n'hésite à le

croire je l'entens qui en jure fur fon honneur. C'eft m'avertir qu'il eft tems de
vous jurer fur le mien que perfonne n'a
jamais été & ne fera jamais avec plus
de refpect & d'attachement que moy ,

MONSIEUR,

Vôtre trés-humble & trés-
obeïffant ferviteur.

RE'PONSE

Pour Madame la Marquise de Montloüet.

A UNE LETTRE

DE MADAME COLBERT,
Ambassadrice à Nimégue.

En Prose & en Vers.

NE vous êtes-vous point étonnée, Madame, de ce qu'avec autant de respect que nous en avons pour vous, nous avons laissé passer une semaine entiére depuis la Reception de vôtre Lettre, sans vous entretenir sur nouveaux frais ? Nous aurions bien des excuses à vous donner si nous croyions en avoir besoin : du moins nôtre Poëte nous a promis de ne nous en point laisser manquer, & de nous en faire de si vray-semblables qu'on les prendroit pour autant de veritez. Cependant, Madame, comme nous sommes Ennemies du fard, nous

nous contenterons de vous dire que les
affaires d'Allemagne nous en ont caufé
depuis quelques jours d'aflez grandes
pour nous occuper entiérement. L'Armée ne faifoit pas un mouvement fans
nous émouvoir : chaque Décampement
changeoit la fituation de nôtre Ame ; &
le Combat qu'on devoit donner de jour
à autre nous allarmoit plus que ceux
pour qui nous tremblions.

Maintenant qu'on n'eft plus en peine
Des nouvelles de Philifbourg ;
Que le Prince de Bade & celuy de Lorraine
Ont caché leur armée au Duc de Luxembourg;
Qu'au lieu d'accepter la Bataille,
Ils bornent leurs Exploits à batre une Muraille
Où peut-être à la fin leurs efforts feront vains ;
Nôtre Efprit inquiet, devenu plus tranquile,
Croiroit s'embarafler d'une peur inutile
S'il craignoit deformais Allemans ni Lorrains.

Vous vous doutez bien, Madame, que
nous avions befoin de toute nôtre tran-
quilité , pour répondre dignement aux

obligeantes marques de tendreſſe dont
il vous a plû nous honorer. Depuis vôtre depart nous n'avons guére paſſé de
jours ſans faire des vœux pour le retour
de la Paix, puiſque vous devez revenir
enſemble : mais quelque paſſion que
nous ayons de vous revoir, nous ſommes
trop honnêtes pour vouloir que ce ſoit
aux dépens de vos plaiſirs. Nous ne con-
noiſſons que vous au monde dont l'amitié ſoit aſſez conſtante pour nous préfé-
rer au Matou qui a ſi généreuſement ex-
poſé ſa vie pour le Divertiſſement des
Excellences Françoiſes : Et ſi vous ſça-
viez, Madame, avec combien de joye
nous avons reçû la preuve la plus extraordinaire que vous puiſſiez nous donner de vôtre bien veillance, il y a peu
d'Animaux qui fuſſent plus avant que
nous dans vôtre eſtime.

Ah ! que Vôtre Excellence, Illuſtre Ambaſſa-
    drice,
        Eſt prodigue de ſes bontez !
Nous n'oſions eſpérer un ſi grand ſacrifice
        Que celuy dont vous nous flatez.
Quelle reconnoiſſance eſt égale à la vôtre !

Cet effort d'amitié dont vous payez la nôtre
Marque de nôtre Abſence un extreme regret;
Et c'eſt nous accorder une grace imprévûë
    Que de préférer nôtre vûë
Au ſpectacle d'un Chat pourſuivy d'un Barbet.

Aprés une préférence ſi avantageuſe,
il ne falloit point, Madame, nous me-
nacer d'un Docteur Poëte pour allarmer
celuy qu'il avoit plû à Dieu de nous envoyer. Vous l'avez ſi fort épouvanté,
qu'il part demain pour aller à la Campagne; & n'ayant pû nous apprendre en
quel endroit, nous croyons que c'eſt
où la peur le guidera. Qui eût jamais
crû qu'un Poëte eût été capable de ſe
faire regretter? Quoique le nôtre ne ſoit
pas Docteur, & qu'il n'ait aucune envie
de l'être, il ne laiſſoit pas de nous être
néceſſaire. S'il n'avoit pas la force d'é-
lever ſes penſées juſques aux nôtres, nous
avions l'indulgence de faire décendre
les nôtres juſques aux ſiennes; Et pour
moy, Madame, qui ſuis accoûtumée à
parler pour toutes, & qui ne ſçais point
déguiſer mes ſentimens, je ne vous céle

point que la crainte de recevoir moins
souvent de vos nouvelles me fait regar-
der son départ avec chagrin.

J'apprehende que son absence
D'un commerce si beau n'interrompe le cours.
Ah ! que dans certaine occurence
Un Poëte est d'un grand secours !
Pour vous parler en Vers pendant tous vos
Voyages ,
J'en fais chercher un à mes gages
Qui me puisse à toute heure immoler tous ses
soins.
Un temps si malheureux y répugne sans doute ;
Peu de gens ont dequoy suffire à leurs besoins :
Mais pour vous faire voir le plaisir que je goûte
Quand je sçay que mon zéle a vos yeux pour
témoins ;
Je veux , quelque prix qu'il m'en coûte ,
Accoûtumer Pégase à prendre vôtre Route
Une fois le mois tout au moins.

Voilà , Madame , quel est mon dessein:
& je ne vous écris qu'aprés avoir envoyé

voyé un billet au Bureau d'adreſſe pour ſçavoir s'il n'y a point de Pëëte à loüer. Un homme aſſez malfait entre dans ma chambre ; & je ſuis la plus trompée du monde ſi mon billet n'a déja opéré. Je m'en doutois bien, Madame, c'en eſt un qui me vient offrir l'Immortalité à des coñditions honnêtes ; & avant que de m'engager avec luy ; je veux voir s'il peut me tenir parole. Nous n'avons encore rien dit ſur un certain endroit de vôtre Lettre où vous vous divertiſſez à nous faire accroire que nous parlons en Vers & en Proſe auſſi bien qu'un Livre : & pour l'eſſayer, nous luy donnons la commiſſion d'y répondre. Il eſt appuyé ſur une feneſtre ; & s'il enfante un Vers à chaque Contorſion, il eſt homme à en faire beaucoup en peu de tems. Voicy un échantillon de ſon Génie, & à peu prés ce que nous vous aurions répondu nous-mêmes.

Si nous écrivons mal, il n'en faut point tant rire,

Ni croire, en nous raillant, nous faire Gendarmer :

Loin de nous enteſter de ſçavoir bien écrire.

H

Nous bornons nôtre gloire à ſçavoir bien aimer.

Nommez, ſi vous voulez, ce déſir trop modeſte ;

　　　Nous vous cédons en tout le reſte,

En Eſprit, en Mérite, en Vertus, en Attraits :

Mais en tendre Amitié toûjours prête à paroî-

　　tre

Pour un Objet Charmant, comme vous pouvez

　　être,

　　　Nous ne vous céderons jamais.

Il auroit fini cette Lettre en Vers, n'é-
toit, Madame, que la Rime & la Raiſon
s'accordent malaiſément. Cela étant
nous ceſſons de rimer pour vous aſſûrer
de bonne foy que nous ſommes, Vos
trés-humbles Servantes, &c.

A MONSIEUR

LE HONGRE,

Sculpteur Ordinaire du Roy, Profeſſeur de l'Académie.

Avec une Epitaphe contenant la Vie de Monſieur le Préſident
PERRAULT.

C'Eſt à tort , Monſieur , que vous m'accuſez de vous avoir manqué de parole. Quand je vous promis que vous feriez le Tombeau de Monſieur le Préſident Perrault, il m'avoit donné la ſienne que ce ſeroit vous : & ſi les accidens qui luy ſont malheureuſement arrivez ne luy avoient fait perdre la Raiſon, il ne pouvoit pour s'immortaliſer choiſir une meilleure Main que la vôtre. Tout le Marbre & tout le Bronze que vous mettez en œuvre ne dureront pas tant que vôtre Gloire ; & les plus fameux Statuai-

H ij

res de l'Antiquité n'auroient guéres acquis de Réputation s'ils étoient venus
aprés vous. Ce témoignage, que je ne
puis m'empêcher de rendre à la verité,
justifie aflez que si Monsieur le Président
Perrault a eu des bontez pour moy, je ne
pouvois mieux luy en marquer ma reconnoissance qu'en vous faisant le Dé-
positaire de sa Mémoire. Elle étoit sûre
d'atteindre jusqu'à la dissolution des
Siécles; Et comme il m'avoit fait l'honneur de me choisir pour faire son Epitaphe, mon Nom eût profité de la plus
belle occasion du monde de passer à la
Postérité sous vos Auspices. Les choses
ont tourné autrement. Monsieur Perrault
qui avoit tant de Parens qui abboyoient
aprés son Bien, n'en a trouvé aucun à
qui sa Gloire ait été assez chére pour en
prendre soin. Eh! comment auroit-on
fait quelque chose pour luy aprés sa
Mort, puis qu'avec toutes les Richesses
qu'il avoit on luy refusoit jusques aux
nécessitez de la Vie? A peine a-t-il eu
les yeux fermez qu'on l'a oublié; il n'y
a que moy qui ne l'oubliray jamais. Il
m'avoit fait la grace de me placer de la
maniére du monde la plus honnête dans

un Teftament olografe qu'il fit pendant
toute la force de fa Raifon , & qu'on luy
fit révoquer quand il l'eut perduë. Je
luy en ay la même Obligation que s'il
avoit en tout fon effet : Il a fceu tout le
bien qu'il me faifoit , & non le mal
qu'on l'a contraint de me faire ; & c'eft
affez qu'il ait eu de la bonne volonté
pour m'obliger à avoir de la gratitude.
Je vous ay déja dit que je croyois ne la
luy pouvoir mieux témoigner qu'en l'o-
bligeant à choifir un homme fi diftingué
pour faire fa Sépulture : Et puis qu'il ne
l'a pas fait, c'eft une preuve infaillible
que tout d'un coup la Raifon luy a manqué. Pour vous faire voir , Monfieur,
que je travaillois de bonne foy , je vous
envoye l'Epitaphe que j'ay faite ; & pour
m'acquiter de ce que je luy dois , je la
feray peut-être un jour imprimer : mais
il s'en faudra beaucoup qu'elle ne dure
autant dans un Livre qu'elle dureroit
fur du Bronze qui fortiroit de vos Mains.
C'eft une narration fi modefte des di-
vers Etats de fa Fortune & de fa Vie,
qu'il eft aifé de voir que la Flaterie n'y
a point de part.

LETTRES

A LA MEMOIRE

DE MESSIRE

JEAN PERRAULT,

Conseiller du Roy en ses Conseils, Président en sa Chambre des Comptes de Paris, Barron de Milly, &c.

EPITAPHE.

Dans les Murs d'une Ville où les Eaux de la Saône
Semblent avoir regret d'aller joindre le Rhône,
D'une famille illustre & fidéle à nos Rois
Qu'avec tant de Justice ennoblit Henri-Trois,
Naquit l'Esprit fécond en sublimes lumiéres
Qui du pieux Passant implore les Priéres.

    Amy de l'Equité, pour deffendre ses droits
Il donnoit tous ses soins à l'Etude des Loix,
Lors qu'un Prince Fameux du Royal Sang de France,
Dont les hautes Vertus égaloient la Naissance,

Voulant de son Mérite être l'auguste Apuy ,
Pour régir sa Maison jetta les yeux sur luy.

 Si le Choix de ce Prince eut une heureuse
  suite

La France dés long-tems en est assez instruite ;

Si Perrault fut sensible à l'honneur d'un tel
  Choix

Son extrême respect l'a dit assez de fois.

Enrichi des Bienfaits de son généreux Maître

Au delà du trépas son zéle sceut paroître :

Au Cœur de ce Héros , dont le sort fut si beau,

Sa fidéle Douleur fit construire un Tombeau

Où la Délicatesse & la Magnificence

Sont d'éternels Témoins de sa Reconnoissance. *

 Ce Ministre éclairé qui sçavoit tout prévoir.

Ne borna pas son zéle à ce pieux Devoir :

Il falloit un Conseil vigilant & sincére

A l'Invincible Fils d'un si Vertueux Pére :

Quoy qu'il pût voir en paix fructifier son bien,

Au repos de son Prince il immola le sien ;

Epousa sa Fortune , & propice , & cruelle ;

* Ce Tombeau est aux Jésuites de la Ruë saint Antoine. Le Cavalier Bernin le trouva l'une des plus belles choses qui soient en France. Il a coûté à Monsieur Perrault plus de 20000. livres.

Et la voyant changer ne changea point comme
    elle.

De ce Prince, adoré pour sa rare Valeur,

On luy vit constamment partager le malheur :

La Prison & l'Exil dont on punit son zéle *a*

Ne pûrent l'empêcher d'être toûjours fidéle :

Semblable à ce Métal & si pur & si beau

Qui s'acquiert par l'épreuve un mérite nou-
    veau,

Aprés de longs travaux sa Vertu plus brillante

Emporta la Victoire & revint triomphante.

  Le reste de ses jours, tranquile, indépendant,

D'un Tribunal illustre, illustre President, *b*

Il remplit avec gloire une si haute Place ;

Et n'y parut jamais que pour y faire grace.

Enfin, en tant de lieux où son Nom étoit craint,

De la moindre injustice on ne s'est jamais plaint :

Le Pauvre dont la honte augmente le Martire,

Que la Misére accable, & qui n'ose le dire,

Trouvoit dans sa Tendresse un secours souve-
    rain

Qui luy sauvoit l'affront d'aller tendre la main.

a Il fut arrêté Prisonnier avec Messieurs les Princes ;
& ensuite exilé.
b De la Chambre des Comptes de Paris.

                      VOUS,

Vous, qui le regrettez, Ames Religieuses,
Solitaires sacrez, Communautez pieuses,
Soyez envers le Ciel, pour fléchir son courroux,
Charitables pour luy comme il le fut pour
vous. *a*
Joignez à la ferveur de vos saintes Priéres
Les austéres Vertus qui vous sont familiéres:
Et vous, Dieu tout-puissant, pour combler nos
souhaits,
Accordez à son Ame une éternelle Paix.

Je croy, Monsieur, être assez justifié
auprés de vous, pour n'avoir pas besoin
de vous asûrer que j'ay toûjours été &
que je seray toûjours Vôtre trés humble, &c.

a Il faisoit tous les Ans pour 12000. liv. d'aumônes
sans celles qu'on ne sçavoit pas.

A MONSIEUR

DE BARTILLAT,

Conseiller du Roy en ses Conseils, Garde du Tresor-Royal.

Le jour de sa Feste.

JE voudrois bien, Monsieur, vous pouvoir aujourd'huy envoyer un Bouquet digne de vous : mais saint Estienne a trop aimé les Epines pendant sa Vie pour souffrir qu'il y eût des Fleurs à sa Mort ; & la Couronne de premier Martyr que Dieu luy donna est bien plus durable que si elle étoit d'Oeillets & de Roses. S'il suffit d'avoir de la Probité pour être Saint, il n'y a personne qui ait l'honneur de vous connoître qui ne réponde de vôtre Canonisation ; & je ne passeray point pour un fade Adulateur, quand je soutiendray que peu d'hommes ont vécu si long-tems que vous, avec

une Réputation si entiére. Que du Tems
des Romains, où l'on donnoit pour Dot
à une fille la Réputation de son Pére,
les vôtres auroient été bien pourveuës!
Qui que ce soit au Monde n'est partagé
sur l'intégrité de la vôtre : & s'il est vray
que la voix du Peuple soit la voix de
Dieu, je ne sçay point d'homme qui
soit mieux auprés de luy que vous. Tout
ce que je vous puis dire, c'est, Monsieur,
que si vous n'êtiez pas l'un des plus honnêtes hommes qui soit sur la Terre, vous
seriez sans doute l'un des plus hábiles,
d'avoir trouvé le secret de le persuader
si bien que si quelqu'un osoit dire le contraire il seroit regardé comme un imposteur. Que je plains vos Ennemis, s'il
y a des Gens au Monde assez injustes
pour l'être! Je suis sûr que s'ils ne veulent point dire de bien de vous, ils ont
la mortification de n'oser en dire de mal :
Et pour faire vôtre Eloge en un seul
mot vous n'êtes redevable qu'à vous
seul du Piédestal où je vais vous mettre.

Je doute qu'Alexandre ait été Magnanime,
Et que Jules-César eût le Cœur bien placé ;

Tant les Héros du Tems inspirent peu d'estime ;
  Pour les Héros du Tems passé.

Si l'on vivoit jadis comme au Siécle où nous
  sommes ,
   N'en déplaise à l'Antiquité ,
Ceux qui dans leurs Ecrits ont mis tant de Grands
  hommes
   Abusoient la Postérité.
Il n'en est presque point. Je n'en sçay pas la
  cause.
   Je remarque dans tous les Rangs
   Que le peu qu'on y void de Grands
   Sont tous montez sur quelque chose.
   L'un monté sur un grand Crédit
   Ou sur une haute Naissance ,
   Paroit d'une Grandeur immense
Qui , sans un tel secours, paroistroit bien petit.
   L'autre qu'éleve la Fortune
   Et dont son orgueil se prévaut ,
Séduit par une erreur, à tant d'autres com-
  mune ,
   Se croit Grand parce qu'il est haut.
N'estoit leur Piédestal qui leur donne du lustre
Par le Rang qu'autrefois leurs Ayeux ont tenu,

Tel qui fort d'une Tige Illuftre
A peine feroit-il connu.

Quelques Eloges qu'ils entendent
C'eft à leur Piédeftal que ces honneurs fe font ;
Dés le moment qu'ils en defcendent
Rien n'eft plus petit qu'ils le font
Qu'on ôte à ces Prelats leur Mitre,
A ces Préfidens leur Mortier,
La plûpart en quitant leur Titre
Quiteront leur Mérite entier.

Il ne part de leur Ame aucun trait de Nobleffe,
Soit qu'ils foient dans la joye, ou qu'ils foient
dans le deuïl,
Malheureux, ce n'eft que foibleffe,
Et Fortunez, ce n'eft qu'orgueïl.

Toy, dont le Cœur tranquile, ennemy de l'ex-
trême,
N'eft jamais orgueïlleux ni jamais abattu,
Ton Piédeftal eft ta Vertu :
Et c'eft là proprement être Grand par Soi-mê-
me.

Malgré la rigueur de la Saifon vous
I iij

m'avez fourni de quoy vous faire un
Bouquet dont les Fleurs ne flétriront jamais : Et qui apprendra, quand même je
ne seray plus, avec combien de respect
j'ay eu l'honneur d'être,

MONSIEUR,

Vôtre très-humble & très-
obeïssant serviteur.

AU RE'VE'REND PE'RE

DU BUC,

PRE'DICATEUR DU ROY,

SUPERIEUR DES THE'ATINS.

JE n'ay, Mon Révérend Pére, qu'un moment pour répondre à toutes les honnêtetez dont mon Fils & moy nous vous fommes redevables. Je ne doute point qu'il n'y foit auffi fenfible que moy, & que tout le foin que vous vous donnez pour en faire un jour un habile homme n'augmente encore l'envie qu'il a de le devenir. Vous me marquez bien par vôtre Lettre que vous avez été voir le Roy d'Angleterre, & que vous avez fait l'honneur à Bourfault de l'y mener avec vous: mais vôtre modeftie fupprime le refte; & fans luy je n'aurois rien fçû du Compliment que vous avez fait à cette Majefté détrônée. Je fçay malgré vous une grande partie de ce que vous luy

dîtes; & jamais la mémoire de mon Fils
ne m'a rendu un meilleur office. Je suis
persuadé que ce Roy en fut très-content,
& qu'on ne luy a rien dit de si beau sur
la Couronne qu'il avoit que ce que vous
luy avez dit sur celle qu'il n'a plus.
Vous luy avez parlé de sa Disgrace de la
maniére du monde la plus délicate; &
le Ciel qui permet qu'il y ait d'illustres
Malheureux, semble leur devoir des Personnes d'un Mérite distingué pour leur
donner des consolations qu'ils puissent
aisément recevoir. On ne peut s'y mieux
prendre que vous avez fait; & je n'hésite
pas à croire que Sa Majesté Britannique
oublia son malheur, pendant même que
vous luy en parliez, par le plaisir qu'elle
eut de vous écouter. Au reste, mon Révérend Pére, j'ay appris, (je n'ay pas
besoin de vous dire avec quelle joye)
la justice qu'on vous a renduë à Rome,
& le choix qu'on a fait de vous pour
commander à une Maison qui faisoit des
vœux pour avoir l'avantage de vous
obéïr. Il arrive souvent dans les Communautez, comme en d'autres lieux, que
la Brigue sollicite les Dignitez, & que
la Faveur les accorde : mais on peut dire

en cette occafion que fi quelque chofe
a brigué pour vous, ç'a été un Mérite
extraordinaire, & que c'eft des mains de
la Juftice feule que vous tenez une élevation qui vous étoit fi bien dûë. Puiffent tous les Religieux que vous avez
vous donner autant de fujet de vous
loüer d'eux, que je fuis feur qu'ils en
auront de fe loüer de vous : & puiffe
mon Fils, fur tout, profiter affez de vos
Exemples, & fi bien marcher fur vos traces qu'il fe rende digne de la Place où
vous êtes, & qu'il y arrive par la même
voye que vous y êtes arrivé ! Je vous
prie, mon Révérend Pére, d'être bien
perfuadé que je n'ay pas attendu que
vous fuffiez Supérieur de vôtre Maifon
pour juger que vous le deviez être ; &
que je vous diftinguois par vos Lumiéres
& par vos Vertus avant que vous fuffiez diftingué par cette Dignité. La
même Juftice qui vous a choifi pour la
remplir, vous en doit encore de plus
élevées dont elle ne manquera pas de
s'acquiter avec le tems. Comme je ne
vois rien de plus haut que vôtre Mérite,
je ne m'imagine rien où vous ne puiffiez atteindre : & la fuite juftifiera que

je ne vous marque rien icy, qui ne foit
auffi véritable, que je fuis avec une véritable eftime, mon Révérend Pére, Vôtre trés-humble, &c.

A MON FILS,
Novice aux Théatins.

VOus devez bien juger, Mon Fils, que mon Employ ne me laiſſe guéres de momens, puiſque depuis que j'y ſuis, je n'en ay encore pû trouver pour vous écrire. Il eſt vray que j'y ay peu de repos. Je ne vous en dirois rien, ſi je n'avois beſoin de bonnes excuſes envers les Religieux dont vous vous ètes propoſé de ſuivre l'Exemple. Si vous avez la liberté de parler au R. P. Caffaro, marquez-luy le mieux qu'il vous ſera poſſible, (& ne craignez pas de rien éxagerer) qu'il eſt aſſurément un des hommes du Monde pour qui j'ay la plus ſincére eſtime; & que s'il y avoit quelque occaſion pour ſon ſervice où je fuſſe mis à l'épreuve, mes actions luy en diroient plus que mes paroles. Le Pére du Buc eſt d'un Mérite ſi diſtingué, que je veux mal à Noſſeigneurs du Clergé de ce que la Penſion qu'ils luy font est si médiocre : c'est un reproche qu'il aura droit de leur faire quand il sera un jour de leur Assemblée ; & pour peu que la Justice veüille s'entendre avec la Vertu, peut-être que ce jour n'est pas trop loin.

J'ay esté extrémement satisfait d'apprendre l'Employ que vous avez eu à vôtre Cérémonie de l'Avent, & de ce que vous en êtes sorti avec succez. Continuez, je vous prie, à faire une bonne application de vôtre tems ; & si j'ay pris quelques soins de vous qui méritent que vous vous en souveniez, ne vous lassez point de faire des actions qui méritent que je m'en souvienne aussi. Vous êtes dans un âge où rien ne coûte à apprendre ; & j'ose même me flater que vous avez d'assez heureuses dispositions au bien. Enfin, mon Fils, si je suis malheureux d'ailleurs, faites au moins que je sois heureux en vous. Comme j'avance tous les jours dans un âge qui est le partage de la tristesse tâchez de la dissiper, en m'offrant de tems à autre des occasions de joye. S'il y a une Maison Religieuse où je dusse vous souhaiter, c'est sans doute en celle où vous êtes : les

Vertus y font moins farouches qu'en beaucoup d'autres , & par conféquent plus faciles à acquérir : cependant , mon Fils, (& je vous prie de relire plufieurs fois ce que je vous écris) fongez que vous n'avez encore fait aucun pacte avec Dieu qu'il vous foit honteux de rompre , & n'attendez pas à vous repentir que vous ne le puifliez plus faire avec honneur ni avec juftice. Dieu qui connoît mon intention , fçait bien qu'elle n'eft pas de vous attacher à fes Autels, s'il eft vray qu'il vous y ait véritablement appellé ; mais au moins confultezvous bien & de bonne foy pendant qu'il en eft encore tems , & qu'aucune confidération humaine n'entre dans le facrifice que vous luy ferez. On peut n'avoir pas les Vertus d'un Religieux, qu'on ne laiffe pas d'avoir celles d'un honnête homme : elles font différentes felon les différens endroits où elles fe rencontrent naturellement ; mais elles ceffent d'être Vertus quand elles font contraintes & hors de leur fituation. Sur tout, mon Fils , point de conftance étudiée ni de zéle affecté : que la Verité foit inféparable d'une Victime que vous voulez

offrir à un Dieu qui eft la Verité même ;
.& fi vous ne vous fentez pas affez de
forces pour achever ce que vous avez
commencé, je fçais affez quelles font
vos inclinations pour n'avoir jamais les
bras fermez quand il s'agira de vous
recevoir. Vous n'aurez pas de peine à
vous le perfuader, quand vous vous fou-
viendrez de l'amitié que j'ay toûjours
euë pour vous ; & que vous fçaurez
qu'elle augmente de jour en jour, & que
je fuis avec plus de tendreffe que je ne
puis vous en témoigner, Vôtre trés-af-
fectionné Pére.

A MONSEIGNEUR
LE DUC DE S. AIGNAN.

Avec un Sonnet en Bout-rimez.

MONSEIGNEUR,

On m'apprit hier deux nouvelles qui toutes deux me furent extrémement fenfibles, & me cauférent des mouvemens bien différens. On m'apprit vôtre Maladie ; & je doute, Monfeigneur, que vôtre douleur ait été plus violente que celle que je fentis. Il eft vray que quelque tems aprés elle fut divertie par une paffion plus impétueufe. Une jufte colére impofa filence à ma douleur ; & quand je fçûs qu'on avoit eu l'audace de faire des Vers contre vous, je ne refpiray que reffentiment & que vengeance. Quelle eft cette Mufe illégitime qui ofe

manquer de respect au Protecteur des
véritables Muses ? Je sçay, Monseigneur,
que vous ne pouvez mieux la punir que
par le mépris que vous en faites. Il n'est
pas extraordinaire qu'un Mérite aussi
grand que celuy que vous avez excite
de l'envie : & ce n'est pas d'aujourd'huy
qu'on a vû des Téméraires qui ont voulu cracher contre le Soleil. Vôtre Nom
que la Gloire elle-même a pris soin d'é-
crire dans les Fastes de la Postérité est
au dessus des insultes de la jalousie ; &
les Muses qui vous ont de si grandes
obligations seroient toutes déchaînées
contre l'indigne Plume qui s'efforce de
l'obscurcir, n'étoit qu'elles ne luy veulent pas faire l'honneur d'immortaliser
son insolence. Le retour d'une Santé
aussi précieuse que la vôtre est l'unique
soin qui les occupe. D'abord que je sçûs
que le fameux Duc de saint Aignan é-
toit Malade, je ne pûs m'empêcher
d'implorer leur assistance & de leur
dire :

SONNET.

SONNET.

Venez à son secours, Filles de . . . . Jupiter,
Venez, & qu'Apollon soit son . . . . . Pharmacopole:
Qu'Esculape son Fils luy serve de . . . . Frater,
Et vous, gardez-le mieux que ne feroit . . . . . . Nicole.

Sans luy vos Nourrissons n'auroient plus de . . . . Pater.
Sur Pégase souvent luy-même . . . . Caracolle.
De Mérite avec luy nul ne peut . . . . Disputer :
Et son Exemple à tous doit servir de . . . . . Boussole.

Il n'a rien oublié pour se rendre . . . . . . Immortel.
En tout genre d'escrime il reçoit le . . . . Cartel.
Et par tout avec gloire il se tire d' . . . . Affaire.

Aussi galant qu'Ovide, il fait d'aussi beaux . . . Vers :
C'est le plus beau Parleur qui soit dans l' . . . . Univers:
Et s'il sçait bien parler, il sçait encor mieux . . . Faire.

K

Voilà, Monseigneur, quels sont les
sentimens d'estime, de respect, & de
reconnoissance qu'aura toute sa vie

Vôtre trés-humble & trés-
obeïssant serviteur.

A MONSEIGNEUR

L'EVESQUE ET DUC
DE LANGRES,
PAIR DE FRANCE.

Remarques & bons Mots.

MONSEIGNEUR,

Le moyen de refister à la Lettre que Vôtre Grandeur m'a fait l'honneur de m'écrire ? A quoy que ce foit qui luy plaife de me mettre je fuis prêt à tout : & quelque chofe que je puiffe faire pour fon divertiffement ou pour fon fervice, elle me l'ordonne d'une fi honnête maniere que je luy en feray encore redevable. Si tous les Grands l'étoient comme vous, ils fe feroient autant de Créatures qu'ils voudroient. Un mot dit

K ij

favorablement dans l'occasion : un petit coup de tête en passant, un clin d'œil
à propos, une offre honnête, quoi-que
stérile; tout cela seroit autant de piéges
agréables, où les Cœurs se prendroient
volontairement ; & je ne sçay personne
qui par reconnoissance ne se fist un devoir de répandre son sang pour eux: cependant, quelque peu que cela coûte, la
plûpart aiment mieux ne se point faire
de Créatures que de les acheter si ché-
rement. Tel étoit, le diray-je , Monseigneur ? Et pourquoy ne le dirois - je
pas ? Si les Evêques veulent qu'on res-
pecte leur Mémoire , ils doivent pendant
leur vie la consacrer par de bonnes actions. Tel étoit, dis-je , vôtre Prédé-
cesseur dans une Dignité qu'il avilissoit,
& que vous honorez : comme il avoit
trompé tous ceux qui avoient eu affaire
à luy, il avoit une si grande peur d'ê-
tre trompé à son tour qu'il ne vouloit
avoit affaire à personne ; & puisque
l'occasion s'en presente d'elle-même, je
vais faire sur luy le premier article de
mes Remarques.

Ce Prelat , qui avant que de l'être
étoit si connu sous le nom d'Abbé de

la Rivière, un jour faisant la visite de
son Diocése, trouva un jeune Curé
qui à peine sçavoit lire, & qu'il avoit
fait Prêtre trois ou quatre mois auparavant, à la recommandation de quelqu'un. Ce pauvre homme, intimidé par
la presence de son Evêque, & par la
maniére impérieuse dont il l'interrogeoit, ne pût jamais luy répondre qu'à
la question qui sert de pointe à cette
Epigramme :

En faisant sa Visite, un Evêque assuré
    De l'ignorance d'un Curé,
    Luy demanda d'un ton de Maître :
Quel Asne de Prelat l'avoit pû faire Prêtre ?
    L'autre d'un ton humble & civil,
    C'est vous, *Monseigneur* ; luy dit-il.

Il y a pour le moins quarante ans
qu'on m'a fait accroire que cette Epigramme avoit été faite contre luy : mais
apparemment l'on m'a trompé, ou bien
l'Auteur s'est trompé luy-même. L'Asnerie n'a jamais été un des Vices de

Monfieur de la Riviére ; & s'il eût eu autant de droiture que d'habileté ce pouvoit être un fort honnête homme.

Rien au monde ne fied plus mal aux
Grands que la Raillerie , fur tout quand
il y a une difproportion extréme entre
ceux qui la font & ceux qui la fouf-
frent : car entre pareils une modefte raillerie n'eft pas condamnable ; au lieu que
du fort au foible elle dégénére prefque
toûjours en infulte. Il eft vray que tout
Grands qu'ils font on leur répond quelquefois ce qu'ils ne font pas trop aifes
d'entendre. La Reine Chriftine de Sue-
de avoit un Aumônier dont le Ventre
étoit fi gros qu'à peine pouvoit-il voir
fes pieds. *Monfieur l'Aumônier* , luy
demanda-t-elle un jour , en prefence de
beaucoup de Monde : *Quand accouche-*
rez-vous ? Madame , luy répondit-il :
quand j'auray trouvé une Sage femme.

Le Roy , qui n'a point de médiocres
Qualitez , a encore celle-là qui ne me
paroît pas moins grande que les autres ,
de ne faire jamais de Railleries défobli-
geantes , & même de ne pouvoir fouffrir qu'on en faffe de qui que ce foit.
Un Courtifan, qui n'a pas beaucoup d'Ef-

prit, ayant été mis un jour fur le Tapis, un autre Courtifan, qui n'en a guéres davantage dit : *qu'on feroit un gros Livre de ce qu'il ne fçavoit pas. Et un fort petit*, dit le Roy, *de ce que vous fçavez*. Cela luy ferma fi bien la bouche que depuis ce tems-là il ne l'a point ouverte à la Raillerie.

Nôtre Langue a cet avantage fur les autres qu'elle eft beaucoup plus fage & plus retenuë. La langue Latine fur tout, dit prefque toutes chofes par leur nom : au lieu que la Françoife fe contente de faire entrevoir celles qui peuvent bleffer la Pudeur. Soit dans les Ouvrages méditez, foit dans l'entretien familier elle veut qu'on évite les façons de parler vicieufes ; & qu'on ne reffemble pas à cet homme de Qualité qui difoit à une Ducheffe qui s'étoit broüillée avec quelqu'un : *Apprenez-moy vos différens, & je vous diray ma querelle*. Dans le Comique même on veut que les obcénitez foient envelopées : & Moliere, tout Moliere qu'il étoit, s'en apperçût bien dans le M a l a d e I m a g i n a i r e, qui eft la derniere Piéce qu'il a mife au jour. Il y a dans cet Ouvrage un

Monfieur Fleuran Apotiquaire, brufqué jufqu'à l'infolence , qui vient une Seringue à la main, pour donner un Lavement au Malade Imaginaire. Un honnête homme , frére de ce prétendu Malade, qui fe trouve là dans ce moment , le détourne de le prendre , dont l'Apoticaire s'irrite , & luy dit toutes les impertinences dont les gens de fa forte font capables. La premiére fois que cette Comédie fut joüée l'honnête homme répondoit à l'Apoticaire : *Allez , Monfieur , allez ; on void bien que vous avez coûtume de ne parler qu'à des Cus.* (Pardon, Monfeigneur, fi ce mot m'échape : je ne le dis que pour le mieux faire condamner.) Tous les Auditeurs qui étoient à la premiére Repréfentation s'en indignerent : au lieu qu'on fut ravy à la feconde d'entendre dire : *Allez , Monfieur , allez ; on void bien que vous n'avez pas coûtume de parler à des Vifages.* C'eft dire la même chofe ; & la dire bien plus finement. Scarron a mis aufli en quelque endroit une ordure le plus agréablement du monde. Il demandoit une petite Chienne que la Comtefle de Fiefque luy avoit promife:

promise : & pour l'engager à la luy donner plus facilement , il luy mandoit
qu'il en auroit tous les soins possibles :
qu'il la caresseroit, la flatteroit, la pai-
gneroit, poudreroit ; & pour luy donner
bonne odeur qu'il la parfumeroit

Depuis le sommet de la tête
Jusqu'où les Chiens s'entrefont feste.

N'est-il pas vray, Monseigneur, que
la gentillesse de l'expression ôte la sale-
té de la chose , & qu'on n'est pas fâché d'entendre une ordure dite avec
tant de délicatesse ? Il y en a encore
une plus grosse dans Mainard qui ne révolte pas la Pudeur. Je vais vous la dire : aussi bien n'aurez-vous pas plus de
peine à me donner l'absolution d'un
bon gros peché que d'un petit ; & puisque ce que j'ay l'honneur de vous écrire
est par l'ordre exprés de Vôtre Grandeur , je ne puis mieux faire que de
l'entretenir sur des cas reservez à l'Evêque. Voicy la grosse ordure dont il
s'agit.

L

Muses, tréve de modestie,
Vous rougissez toutes les fois
Que je parle d'une partie
Qui fait les Papes & les Rois.

Je demeure d'accord qu'il est difficile
de trouver une obcénité plus marquée
que celle-là : cependant elle cesse de
l'être par la maniere ingénieuse de la
dire ; & ces termes *qui fait les Papes
& les Rois*, y donnent une noblesse
qui empesche l'imagination d'en être
blessée. Je ne puis finir ce grand Article sans ajouter encore en faveur de
nôtre Langue qu'elle a un certain *vous*,
vôtre, *vos*, en parlant à une seule personne, qui est bien plus doux que le
toy, *ton*, *tes*, ou plûtôt que le *tu*, *tuus*,
tui, des Latins : il est constant que
ces termes de civilité & de déférence
sont bien plus agréables à l'oreille ; &
qu'une maniére si honnête manquoit à
l'Urbanité Romaine.

Le Luxe est, je croy, au dernier période où il peut aller. Tout est dans une
si grande confusion qu'aux Tuilleries, où

les Laquais ne fuivent pas leurs Maî-
treffes : on ne diftingue pas la femme
d'un Procureur de celle d'un Duc. Il y
a quarante ou cinquante Procureufes à
Patis, qui ont des habits de Velours,
enrichis d'Or : fi la Reine & Madame la Dauphine vivoient encore,
qu'auroient-elles de plus ? LOÜIS
LE GRAND, à qui l'Europe ne réfifte
pas, n'a pas le pouvoir de faire executer les deffenfes qu'il a tant de fois
réïterées, de porter de l'Or & de l'Argent fur les habits : & je doute que Sa
Majefté en vienne jamais à bout, à
moins qu'elle ne renouvelle un Edit qui
fut fait fous le Régne d'Henri IV. J'ay
oüy dire à feu Monfieur le Maréchal de
Villeroy, que ce grand Prince, voyant
que fes Edits pour la deffenfe de l'Or
& de l'Argent fur les habits, n'avoient
de force que pendant cinq ou fix mois,
& qu'aprés ce tems-là fes Deffenfes é-
toient oubliées; fit enfin celuy-cy, qui
fut executé avec toute la rigidité poffible. *Nous deffendons expreffément à
tous nos Sujets, de quelque qualité &
condition qu'ils puiffent être, dans tous
les lieux & terres de nôtre obeïffance,*

de porter de l'Or ni de l'Argent fur leurs habits, de quelque manière, & foûs quelque prétexte que ce foit : Excepté pourtant aux Femmes de Joye & aux Filoux, en qui nous ne prenons pas affez d'intereſt pour leur faire l'honneur de donner nôtre attention à leur conduite. Quoi-qu'il y eût un mois de terme du jour de la publication de cet Edit, pour donner le tems de faire faire d'autres habits, le lendemain perfonne n'en ofa porter, tant on eut peur de paſſer pour des Privilégiez : & pendant que ce Monarque vécut l'Edit fut inviolablement obfervé. Je ne ſçay ſi dans le tems où nous fommes les Gens n'aimeroient pas mieux qu'on doutât de leur Vertu que de leur Richeſſe : la crainte de n'être pas crû Opulent fait que l'on achette le plaifir de le paroître ; & l'on m'en apprit hier un exemple que je ne puis m'empefcher de mettre icy, pour faire voir jufqu'où va l'impertinence du monde.

Un Libraire de la rüe faint Jacques, fort à fon aife, (c'eſt peut-être celuy de Vôtre Grandeur) mais qui n'eſt pas Riche, à beaucoup prés, comme Thierry, Léonard, & quelques autres Mylords de la Librairie , n'ayant été taxé qu'à trente francs pour sa Capitation , pendant que d'autres en payoient cinquante , ses Filles se formaliserent de l'affront qu'on luy faisoit. *Quoi , mon Pére , luy dirent-elles l'une aprés l'autre , pour qui vous prend-on ? pour un Gueux. D'où vient que tels & tels sont taxez à cinquante francs , & que vous ne l'êtes qu'à trente ? Y a-t-il quelque difference entre ces Animaux là & Vous ?* La Mere , qui n'a pas moins de Vanité que les Filles , appuya ce qu'elles dirent ; & le Pere , aussi fastueux que tout le reste , courut sur le champ se faire taxer à cinquante livres , pour faire voir qu'il n'étoit pas moins Riche que les autres. Si tous les Sujets du Roy avoient eu autant de zele , ou d'orgüeil je ne doute point que la Capitation n'eût valu à Sa Majesté trois Millions de plus.

C'est assez parlé de Bourgeoisie à un Duc & Pair. Je passe , Monseigneur , à une Matiere plus digne de vous ; & je vais parler à Vôtre Grandeur d'un Action qui mérite que toute la Postérité s'en souvienne. Monsieur de Turenne

en a tant fait de belles qu'il suffit de
prononcer un Nom si grand pour ne
rien faire attendre de médiocre. L'Armée du Roy, qu'il avoit l'honneur de
Commander, & qui s'en faisoit un de
luy Obéïr, étant en Allemagne, une
Ville Neutre, qui apprit qu'elle alloit
de son côté, eut peur qu'elle n'y laissât
des marques de son passage. Elle dépu-
ta vers luy, pour luy représenter que
l'Armée ne pouvoit passer par là sans y
causer une perte considerable : que s'il
luy étoit possible de luy faire prendre
une autre route, elle luy en auroit une
sensible obligation ; & que pour 'a dédommager d'un jour ou deux de chemin
qu'elle auroit à faire, la Ville le su-
plioit de luy faire la grace d'accepter
Cent Mille Ecus. *Vôtre Ville*, leur dit
Monsieur de Turenne, *me fait plaisir
d'en user comme elle fait : mais je ne
puis en conscience accepter les Cent Mille Ecus qu'elle m'offre, par la raison
que je n'ay jamais 'eu intention d'y passer.* Que Vôtre Grandeur me nomme
quelqu'autre que Monsieur de Turenne
qui ait été à l'épreuve d'un pareil appas, & qui l'ait si généreusement refu-

fé, & je diray que Monfieur de Turenne n'a fait que le fuivre : mais jufques-là, qu'elle me permette de croire qu'aucun ne l'a précédé ; & que ceux mêmes qui le prennent pour Modele auront de la peine à luy reffembler en tout. Montécuculli accufé à la Cour de Vienne de s'être mal deffendu contre Monfieur de Turenne, dit pour fe juftifier : *Qu'il avoit eu affaire à un Homme qui étoit plus qu'Homme.* Quelle loüange, dans la bouche d'un Ennemi !

Aprés une fi grande Action il eft difficile d'en citer qui ne femble médiocre ; mais dans ce que Monfieur de Turenne faifoit de médiocre il y entroit toûjours beaucoup de grandeur. Un Gentilhomme dont la Fortune ne répondoit pas à la Naiffance, obligé d'aller à l'Armée par la fituation où il fe trouvoit ; paffa un matin en reveuë devant luy, fur un Cheval qui ne valoit pas quatre Piftoles. Monfieur de Turenne l'ayant retenu à Dîner avec quelques autres, le prit en particulier & luy dit : *J'ay peur, Monfieur, de vous faire une priére incivile : mais je croy que vous*

L iiij

avez assez de consideration pour moy pour ne me pas refuser la grace dont j'ay besoin. Ce Gentilhomme luy ayant répondu avec beaucoup de soûmission, qu'il ne luy pouvoit rien ordonner à quoy il ne fust prêt d'obéïr : *Je suis vieux*, reprit Monsieur de Turenne, & *je me sens même un peu incommodé : les Chevaux trop vigoureux me fatiguent ; & je vous en ay vû un où je m'imagine que je serois à mon aise. Si je ne craignois de vous ôter ce que vous aimez, je vous prirois de vouloir m'en accommoder.* Plût au Ciel, Monseigneur, que j'eusse pû penetrer vôtre pensée, repartit le Gentilhomme; je me serois fait un honneur de vous l'offrir. *Mais*, ajoûta Monsieur de Turenne, *n'est-ce point trop exiger de vôtre complaisance ; & me promettez-vous que vous ne m'en voudrez point de mal ?* Le Gentilhomme n'ayant répondu que par une profonde révérence, fut prendre son Cheval, & le mena luy-même dans l'Ecurie de Monsieur de Turenne; qui luy envoya un moment aprés un Cheval d'Espagne de Cent Loüis; & luy fit dire qu'il luy étoit sensiblement obligé.

Quelle maniere héroïque de donner : &
qu'il est peu de Turennes au Monde !

Feu Monsieur le Duc de Saint Aignan
étoit encore un des Seigneurs de la
Cour qui joignoit le plus d'agrémens
aux graces qu'il pouvoit faire. Je le
sçay par moy-même : & je ne suis
point de ceux qui oublient les bienfaits qu'ils ont receus quand ils n'en
peuvent plus recevoir. On luy a voulu
faire un Deffaut du trop grand penchant qu'il avoit à obliger : peu de
Gens aujourd'huy en ont de semblables. Il étoit un des meilleurs Amis de
vôtre Grandeur; & je vous en ay oüy
dire assez de bien pour être persuadé
que vous prendrez plaisir à en entendre.
Par reconnoissance de la Protection
qu'il m'avoit donnée je luy dédiay
Marie Stuard, une Tragédie que
j'avois faite. Il la receut de la manière du monde la plus obligeante : me
dit que ce seroit desormais le Livre de
sa Bibliotéque qu'il aimeroit le plus;
& me pria de ne pas trouver mauvais
que pour s'acquiter foiblement de l'o-
bligation qu'il m'avoit, il me fist un
present de Cent Loüis. C'est moy, Mon-

feigneur, luy dis-je, qui fuis au defefpoir de m'acquiter fi mal des graces
dont je vous fuis redevable : il n'eft pas
jufte que vous achetiez fi chérément
un hommage fi peu digne de vous ; &
l'Ouvrage que je prends la liberté de
vous offrir eft trop payé par la bonté
que vous avez de le recevoir. Monfieur
de Saint Aignan, qui parloit aufli bien
qu'homme de France, m'ayant répondu
tout ce que la plus délicate honnêteté
peut faire dire ; *Je vois bien ce que c'eft,*
ajouta-t-il : *Vous ne me croyez pas affez*
Riche pour vous donner Cent Louis tout
d'un coup. Hé bien, puifque vous vou-
lez avoir la complaifance de vous ac-
commoder à ma Fortune, fouffrez au
moins que je vous en donne Vingt pre-
fentement ; & que je continuë de mois
en mois jufqu'à ce que je fois quitte.
Quoi - que je pûffe dire, & quoi - que
je pûffe faire ; quelque honte même que
je pûffe avoir de voir payer mon Ouvrage plus qu'il ne valoit, je fus contraint de recevoir Vingt Louis avant
que de fortir. Ce que vous trouverez
de beau, Monfeigneur, c'eft l'exactitude de Monfieur de Saint Aignan pour le

reste. Pendant quatre mois il ne manqua pas, le premier, ou tout au plus tard le second jour, de m'envoyer un Gentilhomme avec Vingt Louis, & vingt honnêtetez dont il les accompagnoit : & quand je fus le remercier, ce fut luy qui me remercia luy-même. Je demande pardon à Vôtre Grandeur, si je l'entretiens de ce qui me regarde : j'ay crû devoir cette Reconnoissance à la Mémoire d'un si honnête Homme ; & j'en voudrois pouvoir dire autant de tous ceux à qui j'ay dédié les Ouvrages que j'ay faits.

On demandoit ces jours passez à un Boiteux qui alloit à l'Armée Fantassin, pourquoy il ne s'étoit pas mis dans la Cavalerie ? *C'est*, répondit-il, *que je ne vais pas à la Guerre pour fuir.*

Pendant la Paix le Roy, pour donner de l'émulation aux Gens d'Esprit proposoit de tems à autre de petits prix, parce qu'il ne s'agissoit que de petits Ouvrages. Quoi-que sa Medaille, sur tout donnée de sa Main, fust d'un prix inestimable, Sa Majesté n'en regardoit la valeur que suivant la pesanteur qu'elle avoit. Elle en promit une de Trente

Louïs, à qui feroit le mieux un Sonnet fur les Bouts-rimez les plus bizar-
res que l'on pût choifir. Tandis que
toute la Nation Poëtique étoit occupée
à fe difputer le prix, une Fille qui n'a
pas moins d'efprit que de beauté, &
qui fait des Vers aufli galamment qu'on
en puiffe faire, déclara qu'une Médaille ne la tentoit point ; & voicy comment elle s'expliqua.

Un Cœur comme le mien ne veut point de Mé-
    daille ;
Sans le Souverain Bien tout me paroît un mal :
    Promettez-moy l'Original
    Si vous voulez que je travaille.

Je fuis perfuadé que ces quatre Vers
fur le refus de la Médaille valent mieux
que tous ceux qui furent faits pour l'obtenir.

Un Aumônier du Cardinal Ranuzzi,
que Vôtre Grandeur a veu Nonce en
France, fut attaqué d'une Maladie, qui
d'abord ne paroiffoit pas dangereufe ;
mais qui par le fecours des Médecins

devint mortelle. Quand on luy eut appris qu'il ne devoit plus songer à vivre il songea sérieusement à mourir ; &
envoya querir un Pere Grenade , Théatin, qui ne le quitta po'nt qu'il n'eût rendu l'Ame dans ses bras. Quoi-qu'il at-
tendist la mort avec une grande rési-
gnation à la volonté de Dieu , l'heure
de l'Agonie étant venuë , pendant que
le Théatin faisoit la Recommandation
de l'Ame par cette belle priére *Proficif-*
cere Anima Chriftiana , &c. qui figni-
fie , à ce qu'on m'a dit , *fortez promte-*
ment , Ame Chrêtienne , le pauvre homme difoit d'une voix mourante : *pian'*
piano , Anima mia ; pian' piano.

Le Théatin que je viens de citer me
fait souvenir que quelqu'un ayant demandé à un frére du même Convent
(Auvergnat des mieux conditionnez)
pourquoy on n'achevoit pas leur Eglife ,
puifque les Fondemens en étoient faits,
& qu'il y avoit même beaucoup de Bâ-
timent élevé ? C'eft , répondit-il , *que*
nous ne trouvons point de Gruës. Vous
voyez , Monseigneur ; que je mets en
œuvre jufqu'à des Turlupinades plûtôt
que de laiffer le moindre petit morceau

de papier inutile. Il ne m'en échaperoit
jamais si je n'avois que Vôtre Grandeur
à contenter : mais je ne douté point
que vous n'ayïez des Diocésains assez
GRUES pour trouver cet endroit le plus
joly de la Lettre. Si j'avois plus de place, je chercherois une maniere plus a-
gréable de vous dire que je suis avec
mon respect accoûtumé,

MONSEIGNEUR,

De Vôtre Grandeur,

Trés-humble, & trés-
obéïssant serviteur.

A MONSIEUR * * *

Sur l'inutilité des Dédicaces de Livres.

JE ne vous le céle point, Monſieur, je ſuis las d'aider à Déïfier des Gens qui croiroient leur Argent mal employé s'ils payoient l'Apothéoſe qu'on leur donne. Il eſt vray que les Princes, les Ducs & les Miniſtres d'Etat ſont ſi élevez par deſſus le reſte des hommes, & par conſéquent ſi accoûtumez à recevoir de l'encens, bon ou méchant, que s'ils vouloient payer toutes les Loüanges qu'on leur prodigue, leur Revenu n'y ſuffiroit pas. Dés qu'un homme paſſe pour libéral, & qu'il a le moyen de le paroître (car qu'il ait du Mérite ou non, on n'y regarde pas de ſi prés: par la même raiſon que le Saint dont un Prédicateur fait le Panégirique eſt toûjours le plus grand Saint de Paradis, la derniére

Perſonne qu'un Auteur s'aviſe de loüer eſt ordinairement celle qui a de plus grandes Qualitez.) Dés qu'un homme, dis-je, paſſe pour libéral, & qu'il a le moyen de le paroître, il eſt ſûr de ne pas manquer d'Eloges. A la verité rien n'eſt plus ſuſpect que ces ſortes de Loüanges que l'on ne vend pas directement ; mais qu'on ne donneroit peut-être pas ſi l'on n'eſpéroit en être récompenſé. Je ſçay bien que l'on prend d'autres prétextes, & que lors qu'on adreſſe un Livre à une Perſonne conſidérable, on dit toûjours que c'eſt pour mettre ſon Ouvrage à l'abry de la Médiſance ; comme ſi l'autorité du plus grand Prince du Monde pouvoit m'empêcher de dire mon ſentiment d'un ſot Livre qu'on luy auroit dédié. Si vous m'alleguez, Monſieur, que j'ay pratiqué ce que je condamne, & que je n'ay point fait de méchans Ouvrages que je n'aye dédié à de grands Seigneurs, je vous répons que j'étois dans une erreur, dont, graces au Ciel, j'ay fait abjuration. De cinq ou ſix à qui je me ſuis adreſſé je n'en ſçay que deux qui me faſſent la grace de me

souffrir;

fouffrir : les autres me fuyent avec autant de foin que fi ce que j'ay dit en leur faveur me rendoit coupable à leur égard; & pour ne plus fatiguer ces Héros du premier Ordre, je veux m'en faire de tous les Amis que j'ay, & rendre juftice à leur Mérite pour reconnoître l'Amitié dont ils m'honorent. Si l'Ouvrage qui m'occupe maintenant étoit capable de porter vôtre Nom auffi loin que je voudrois qu'il allât, ce feroit par vous, Monfieur, que je ferois ravy de commencer; & voicy de quelle maniére je vous loüerois. Je dirois que vous êtes Brave de vôtre Perfonne : que vous avez l'Ame belle, l'Efprit délicat, la Converfation galante, & que vous avez raifon de vous piquer d'être fort honnête Homme, puifque vous l'êtes encore plus que vous ne vous en piquez. Dût-on m'accufer de parler trop modeftement de vous, je me contenterois d'en dire fimplement ce que j'en fçay; & je prétendrois n'avoir pas fi bien fait l'Eloge de ceux pour qui j'ay inventé des Vertus qu'on ne leur trouve pas, que je ferois le vôtre en ne difant que vos Véritez. Si j'avance au-

M

cune chofe que je ne croye , & dont vous ne m'ayez convaincu , je confens que vous ne me croyez pas vous-même; & que vous doutiez de la proteſtation que je fais d'être toute ma vie ,

MONSIEUR,

Vôtre trés-humble & trés-obeïſſant ſerviteur.

A MONSIEUR
DU THIL,
Conseiller au Parlement de Dijon.

JE ne sçay, Monsieur, ce que vous pouvez trouver de si horrible dans la Lettre que j'ay écrite à l'Abbé * * * Si vous l'aviez vuë à loisir, & éxaminée sans prévention, je doute qu'avec autant de probité que vous en avez, vous l'eussiez condamnée si facilement, puisque je n'y ay rien mis dont vous ne soyez mieux instruit que moy. Tout ce que je vous puis dire, c'est, Monsieur, que si vous nommez celle-là horrible, je ne puis deviner quel nom vous donnerez à celles qui luy succéderont; car vous vous imaginez bien que je n'en demeureray pas là, sur tout ayant l'équité pour moy, & trouvant une ma-

M ij

tiére inépuifable. Que l'Abbé * * * ne préfume pas que je l'aye fi long-tems laiffé joüir de la ftupidité de Monfieur le Préfident pour en vouloir être la dupe. Quelque foin qu'il ait pris de fe cacher, je me fuis quelquefois trouvé où il ne croyoit pas que je fuffe ; & l'Appuy qu'il prétend s'être fait fera peut-être la premiere chofe qui tombera fur luy quand j'auray dévoilé la Vérité qu'il a continuellement déguifée. L'Ennemi le plus foible n'eft pas toûjours le moins dangereux ; & fouvent une médiocre injuftice, qu'on néglige de réparer, en fait découvrir de fi grandes qu'elles font irréparables. Enfin, Monfieur, j'ay de juftes fujets de me plaindre de l'Abbé * * * & peut - être des moyens infaillibles de m'en vanger. Mon grand chagrin dans une occafion fi fâcheufe, c'eft de vous engager à devenir mon Ennemi : mais j'y fuis malheureufement contraint par la même fatalité qui vous force à approuver l'injuftice qu'on m'a faite, malgré l'intégrité que vous avez toûjours eüe ; & malgré le refpect fincére avec lequel j'ay toûjours été, Monfieur, Vôtre trés-humble, &c.

A UN GRAND MAISTRE
en Friponnerie.

LETTRE ET FABLE.

PUisque vous avez changé d'inclination vous ne vous étonnerez pas, Monsieur, que je change de stile. Tant que je vous ay crû honnête homme, je vous ay écrit comme si effectivement vous l'eussiez été ; & vous joüiriez toûjours de ma crédulité si vous n'aviez cessé de vous contraindre. Je ne puis concevoir comment on peut paroître ce que vous paroissiez, & être véritablement ce que vous êtes. Combien ay-je rendu de combats contre des Gens qui vous connoissant à fond, avoient pitié de l'erreur où ils me voyoient ; & combien de fois m'ont-ils dit que puisque je ne voulois pas qu'ils me desabusassent, j'aurois le malheur d'être desabusé par vous-même ? Ils me parloient de vous comme du plus méchant homme du Monde : & ne me disoient pas la moitié de ce que j'ay vû depuis. Est-il une plus coupable route que celle que vous avez prise pour tâcher d'arriver à la Fortune ; & le Bien que vous avez vaut-il toutes les injustices que vous avez faites pour l'acquérir ? Il n'est point de Crime, pour peu qu'il vous ait été utile , que vous ayez fait difficulté de commettre : point de Parens que vous n'ayïez cherché à détruire : point d'Amis que vous ayïez refusé de trahir : point d'Innocens que vous n'ayïez fait gloire de sacrifier. Vous n'avez été fidele qu'à une Malheureuse qui, pour être plus tranquile dans ses débauches, ayant plusieurs fois attenté à la vie de son Mary, ne joüiroit plus de la sienne si la Faveur ne l'eût dérobée à la Justice. Depuis que j'ay connu vos commerces criminels je n'ay plus été surpris de ce qu'il vous en a coûté pour la retirer du péril où elle étoit : vous ne l'y pouviez laisser sans y être extrémement vous-même ; & vous êtes enchaînez l'un à l'autre par des nœus si étroits que vôtre destin est inséparable. Que d'Amis vous

pouviez faire, & que d'Ennemis vous
avez faits! Vôtre Nom eſt devenu l'exé-
cration publique; & l'on ne le prononi-
ce plus ſans y joindre une malédiction.
Par tout où je vous rencontre je n'ay
pas beſoin d'ouvrir la bouche pour vous
reprocher vôtre ingratitude : ma pre-
ſence jette un deſordre dans vôtre A-
me qui me fait pitié; & quelque réſo-
lution que je prenne de me vanger de
tout ce que vous m'avez fait, je trouve
que vous en êtes aſſez puni par la confuſion que je vous cauſe. Vous voyez par
l'avantage que j'ay ſur vous qu'il eſt
quelquefois plus doux de ſouffrir une
injuſtice que de la commettre. Vous
ne vous êtes applaudy qu'une fois de
m'avoir trompé; & je ne vous vois jamais que je ne m'applaudiſſe de l'inquiétude où vous êtes. Le Bien que
vous avez & celuy que je n'ay pas, ſont
deux crimes dont vous avez peur que
je ne vous accuſe; & vous ſçavez bien
que ce ne ſont pas les plus grands dont
vous puiſſiez être convaincu. Je doute
que vous en jouïſſiez paiſiblement; &
que la force de vôtre Eſprit vous dérobe-
be aux reproches de vôtre Cœur. Peut-

être croyez-vous que la prospérité où
vous êtes, la santé dont elle est accompagnée, & sur tout le malheur que
vous avez évité soient autant de bénédictions du Ciel ; & vous vous trompez : il a ses raisons ; & vous devez
craindre qu'elles ne soient égales à celles qui obligérent autrefois Ésope à faire cette Fable.

THE'MIS ET LE BRIGAND.

F A B L E.

CE ne sont pas toûjours les plus honnêtes
  Gens
    Que ceux qu'épargne le Tonnerre :
    Les Dieux seroient trop indulgens
De vouloir aux Méchans faire eux-mêmes la
  guerre ;
    Commissaires, Prevosts, Sergens
    Sont leurs factotons sur la Terre.
Je vais en peu de mots prouver ce que je dis.

    Certain Brigand dont le manége
                                    Estoit

Estoit si dépravé que les plus noirs Bandits
Paroissoient prés de luy plus blanes que de la
    Neige ;
        Un soir qu'il faisoit un grand Vent
S'endormit sous le Toit d'une méchante Fer-
    me,
        Où soudain Thémis arrivant
        Luy fit entrevoir en révant
Que sa Vie en ce lieu n'auroit pas un long
    terme.
A peine en fut-il hors que le Vent redoubla ;
        Mais avec tant de violence
        Qu'en tombant le Toit accabla
Six Bœufs, qui du Fermier composoient l'o-
    pulence.
        Quelles graces, dit le Voleur,
Equitable Déesse ay-je lieu de vous rendre ?
Sans la part qu'à mon Sort vous avez voulu
    prendre
J'estois envelopé dans un si grand malheur.
Si tu crois, dit Thémis, que je sois équitable,
        Cesse de me remercier :
        Tu ne m'es pas si redevable
        Que je t'entens te récrier,
        Sous le Débris que tu contemples

N

Je pouvois te laiſſer périr :

Mais faute de te ſecourir

J'oſtois à tes pareils un des plus grands exemples

Que pour les corriger je puiſſe leur offrir.

Si je t'ay conſervé la Vie

Le fruit que j'en ay prétendu.

Eſt que dans peu de jours elle te ſoit ravie

Avec l'opprobre qui t'eſt dû.

Rien n'échape à Thémis qui ne ſoit un Oracle.

Bientoſt les Prevoſts , les Sergens ,

De la juſte Déeſſe ont aires Agens ,

Firent du Sélérat un lugubre Spectacle.

C'eſt l'inévitable Deſtin

De force Méchans qui proſpérent :

Pour les trouver heureux attendons-en la fin ;

Ce n'eſt pas ſans raiſon que les Dieux la diffe-
rent.

Quoi que vous ayïez fait pour vous
déclarer mon Ennemy , vous voyez,
Monſieur , que je ne ſuis que médiocrement le vôtre , puiſque je vous don-

ne avis du mal dont vous êtes menacé;
& que vous ne m'avez pas averti de
celuy que vous me vouliez faire. Je
vous prens à témoin, tout Méchant
que vous soyïez, que dans ce que je
vous écris il n'y a pas un mot qui puisse être suspect d'imposture. Et pour finir sans en être soupçonné je vous jure que j'ay eu pour vous un si grand attachement qu'il ne faloit pas moins que
toutes vos perfidies pour me faire cesser d'être, Vôtre tres-humble, &c.

N ij

A MONSEIGNEUR

(dont l'Auteur laisse à deviner le
Nom, de peur de se faire
six Ennemis)

MARE'CHAL DE FRANCE.

MONSEIGNEUR,

Quelque immense que soit l'inter-
vale qui est entre vous & moy, je ne
puis m'empêcher de joindre ma voix,
toute obscure qu'elle est, aux Acclamations de tout ce qu'il y a de Gens é-
quitables, & qui se font un plaisir de
voir le Mérite recompensé. Le Roy dont
la conduite s'attire tous les jours tant
de Bénédictions, les va faire redoubler
par la Justice qu'il vous a renduë : Et
comme il n'y a personne qui ne vous

ſoit redevable de quelque grace, il n'y a perſonne auſſi qui ne ſoit redevable à Sa Majeſté de l'eſtime dont elle vous honore. De Sept Maréchaux de France qui ont été faits, voicy, Monſeigneur, quel eſt le jugement qu'il plaît à Paris d'en faire. On dit que l'un doit cette Dignité à ſa Naiſſance; l'autre à ſa Valeur; un autre à ſon Expérience; celuy-cy à ſon Zele; celuy-là à ſa Vigilance; & cet autre à ſa Sageſſe : & que vous avez vous ſeul ce que les ſix autres ont tous enſemble. En un mot, Monſeigneur, je ne puis mieux vous témoigner combien vous êtes aimé que par la joye univerſelle que cauſe le nouveau Titre que vous avez. Pour moy, à qui le Ciel ne veut point donner de joye parfaite, j'ay le malheur d'être retenu dans ma Chambre par une indiſpoſition qui me déſole : non parce qu'elle me fait ſouffrir, mais par l'honneur qu'elle me dérobe de vous aller dite de plus prés la part que je prens à vôtre Gloire ; qui ne ſera jamais plus haute que vôtre Vertu, ni plus véritable que la profonde & reſpe-

N iij

ctueuſe Reconnoiſſance avec laquelle je ſeray juſqu'au denier moment de ma vie,

MONSEIGNEUR,

Vôtre trés-humble & trés-obeïſſant ſerviteur.

A SON ALTESSE SERENISSIME,

MONSEIGNEUR

LE PRINCE.

MONSEIGNEUR,

On cherche à me rendre suspect à V. A. S. de peur qu'elle n'écoute favorablement tout ce que j'ay à luy apprendre ; & par cette dernière injustice on croit se mettre à couvert de toutes les autres. Pour mieux réüssir dans ce dessein on persuade à Mr de la Marie que j'ay parlé & fait des Vers contre luy ; & l'on ne veut pas perdre le fruit de tant d'impostures, faute d'en citer une de plus. J'ay affaire à des Gens si habiles en méchanceté , & qui sont si enflez du succez qu'ils y ont eu, qu'elle ne leur coûte plus rien à commettre ;

N iiij

& parce que je n'ay que la Verité pour moy, dont il y a si long-tems qu'ils abusent, ils s'imaginent qu'il leur sera facile d'en abuser toûjours. Je jure à V. A. S. (& j'ay trop de respect pour Elle pour vouloir luy imposer la moindre chose,) que je n'ay jamais dit un seul mot, ni fait un seul Vers contre Mr de la Marie : je le connois si peu qu'à peine sçaurois-je s'il est honnête homme, si je n'en jugeois par l'honneur qu'il a de vous appartenir. Aussi, Monseigneur, n'y a-t-il personne qui ose devant V. A. S. soûtenir un mensonge si odieux : quélque effort que fasse l'imposture pour tâcher à contrefaire la Verité, elle n'est pas mal-aisée à reconnoître ; & s'il vous plaît d'en avoir le divertissement, je me vante de confondre l'audace la plus assurée. J'entrevoy de quelle source vient cette calomnie : ce n'est pas d'aujourd'huy qu'on y empoisonne les Actions les plus innocentes ; & plût au Ciel qu'on n'y eût jamais empoisonné que des Actions ! Enfin, Monseigneur, quelques Vers que ce soient où l'on trouve le nom de Mr de la Marie, je proteste de nou-

veau qu'ils ne font point de moy, &
qu'ils n'en feront jamais : je n'ay point
de tems à perdre ; & c'eſt m'expliquer
aſſez. Si j'avois autant de capacité que
j'ay d'ambition , tous les momens de
ma vie ſeroient occupez à publier les
merveilles de la vôtre : c'eſt à celà que
le Tems ſeroit glorieuſement employé ;
puiſqu'à la faveur de l'Auguſte Nom de
C o n d e' qui durera autant que le Monde , j'immortaliſerois le profond reſpect
avec lequel je ſuis,

MONSEIGNEUR,

De V. A. S.

Trés-humble & trés-
obeïſſant ſerviteur.

A MONSEIGNEUR

L'EVESQUE D'AUTUN.

*Lettre affez courte pour ne pas
ennuyer beaucoup.*

MONSEIGNEUR, ·

Rien ne feroit fi beau que les Con-
feils que Vôtre Grandeur a eu la bonté
de m'envoyer pour la conduite que mon
Neveu doit tenir dans fon Bénéfice,
n'étoit que vôtre Exemple perfuade encore davantage. L'Eglife Gallicane qui
fe fait diftinguer de toutes les autres
par la Doctrine profonde & par l'éclatante Pieté de fes Prélats, en a peu
d'une Capacité fi étenduë, & n'en a
point d'un Mérite plus approuvé. Mais,
Monfeigneur, quelque-grandes que
foient les Qualitez qui vous ont tant

de fois attiré l'Admiration d'un Roy,
qui s'attire celle de tout l'Univers, vous
n'en avez point qui surpasse la grandeur
de vôtre Modestie : & comme c'est la
plus délicate de toutes les Vertus, c'est
celle que je dois le plus craindre d'of-
fenser. Qu'elle est austére, Monseigneur,
cette Vertu qui empêche de dire dés
Veritez qui vous sont si glorieuses ! Mais
si elle impose silence à mon Zéle, elle
ne peut l'imposer à ma Reconnoissance,
& les Bienfaits que vous avez répandus sur mon Neveu sont gravez si avant
dans mon ame, que j'en conserveray
la mémoire jusqu'au dernier soûpir,
pour être à la vie & à la mort

MONSEIGNEUR,

De Vôtre Grandeur,

Trés-humble & trés-
obeïssant serviteur.

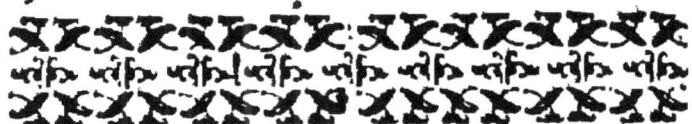

A MADAME VIESSE,

à qui l'Auteur avoit promis quelque chose , que de fréquentes prises de Vin d'Espagne luy firent oublier.

VOus ne l'auriez jamais crû, Madame , que j'eusse été capable d'oublier la moindre chose de tout ce qui peut m'être ordonné pour vôtre service ; & à vous dite vray, je ne l'aurois jamais crû non plus que vous. Cependant vous avez dû recevoir un Livre du Ballet d'Atis , deux Cravates de point de France ; & pour le Modéle qui m'étoit le plus recommandé, néant. N'en déplaise à vôtre cher Epoux , il prit mal son tems pour me donner cette Commission ; & je vous fais Juge vous-même si je ne suis pas excusable de ne m'en être pas souvenu. Nous en étions à la troisiéme Bouteille de Vin de la Bouche (Vin de la Bouche veut

dite de celuy que boit Sa Majesté) &
nous en avions encore une de Muscat
& deux d'Espagne, quand vôtre Santé
qui fut solennellement saluée, le fit
souvenir qu'il avoit à me prier de vôtre part de vous achetter je ne sçay
quoy : & ce je ne sçay quoy-là est justement ce que j'ay oublié de vous envoyer. Vous vous doutez bien, Madame, qu'ayant encore toute ma raison,
j'embrassay avec avidité cette occasion,
quelque misérable qu'elle fust, de vous
témoigner combien j'aurois de plaisir à
m'acquiter de vos bontez, s'il s'en pré-
sentoit quelqu'une plus favorable ; &
tant que je seray aussi raisonnable que
je l'étois alors je n'autay point d'autres sentimens. Mais ce misérable Vin
d'Espagne se vangea sur moy de la Guerre que nous faisont à ceux de sa Nation : & parce que j'étois à Saint Ger-
main, il me prit pour quelque Teste
considérable, & crut, sans doute, rendre
un important service à son Païs s'il pouvoit me barboüiller la Cervelle. Il réüs-
sit : j'aime mieux vous l'avoüer de bonne foy que de me piquer de la glorieu-
se qualité de bon Yvrogne. Je m'endor-

mis en fuccant des Ramequins, & ne
m'éveillay que le lendemain ; mais avec
fi peu de mémoire, que fans le fecours
d'un furieux mal de tête, je ne me ferois pas fouvenu d'avoir fi bien bû la
veille. Voila mon excufe, Madame, que
vôtre Epoux eft obligé de garentir. Je
me loüe extrémement de fa magnificence ; mais je me plains fort de fon injuftice, & je le prîray de me faire la
grace à l'avenir de m'enyvrer fans me
donner des Commiffions, ou de me
donner des Commiffions fans m'enyvrer.
S'il vous plaifoit de m'honorer vous-
même de quelqu'une pendant qu'il fera
le refte de fon Quartier, je vous en aurois une étroite obligation, & ferois en
forte de ne pas demeurer court lors
qu'il s'agiroit de vous donner des marques de ma Reconnoiffance. Je vous conjure, Madame, d'en être fortement per-
fuadée, & de croire que c'eft avec toute l'eftime imaginable que je fuis, Vôtre tres-humble & tres-obeïffant ferviteur.

A MONSEIGNEUR

LE PRINCE DE SOUBIZE.

MONSEIGNEUR,

Parmi les Complimens que vous re-
cevez de tant de personnes considérables par leur Qualité & par leur Mérite, si l'inégalité qui est entre vous &
moy me laissoit la liberté de vous en
faire, je n'ose me flater qu'ils fussent
aussi polis que ceux qu'on fait à la Cour,
mais ils seroient pour le moins aussi
sincéres. Oüy, Monseigneur, c'est la
Verité pure qui parle par ma bouche
quand je vous proteste que j'ay pour
vous le zéle le plus respectueux que
l'on soit capable d'avoir : & je n'aurois pas attendu à vous le dire aujour-
d'huy, si depuis que j'ay l'honneur de
vous connoître, j'avois pû vous le per-

suader par quelqu'une de mes Actions.
J'en ay cherché les occasions avec tout
l'empressement imaginable ; mais enfin
celle qui se presente me console de celles qne je n'ay pû trouver ; & pour vous
exprimer, Monseigneur, combien je
suis sensible à ce qui vous est arrivé,
il me semble que si le Roy m'avoit fait
quelque grace, je ne luy en serois pas
plus redevable que de la Justice qu'il
vous a renduë. La voix Publique, qui
a voulu faire l'Eloge de Sa Majesté, en
publiant qu'elle n'a jamais répandu ses
Bienfaits sur un plus honnête Homme,
ne pouvoit faire le vôtre d'une maniére
plus délicate, ni le placer dans un endroit plus glorieux ; & vôtre Nom mêlé avec celuy d'un si grand Roy, est
seur de l'Immortalité qu'il mérite. Souffrez, Monseigneur, que dans vôtre nouvelle Dignité, je vous suplie trés hum-
blement de mettre mon zéle à l'épreuve,
& de me croire avec un profond respect.

MONSEIGNEUR,

Vôtre trés-humble & trés-
obeïssant serviteur.

A

A MONSIEUR
DE CHANLOT,

Premier Secretaire des Commandemens de S. A. S. Monseigneur le Prince.

Qui avoit envoyé à l'Auteur un Couplet de Chanson, fait par le Blanchisseur de l'Armée.

JE ne m'attendois pas, Monsieur, à recevoir dans la Solitude où nous sommes, une Lettre dattée du Camp de leurs Altesses Sérénissimes ; & à vous parler sans fard, je n'ay pas été moins surpris de l'honneur que vous m'avez fait que des Vers que vous m'avez envoyez. On peut dire à la loüange de celuy qui en est l'Auteur, qu'il n'y a point de Blanchisseur en France qui fasse si bien des Vers, ni de Poëte qui entende si bien le Blanchissage. Quoique

O

d'ordinaire un fecond Couplet de Chanfon ne plaife guéres, quand le premier a autant plû que le fien a fait, je n'aurois pas laiffé, pour contenter leurs A. S. d'en hazarder un de ma façon fi quelqu'un eût pû m'en apprendre l'Air. En matiére de Chanfons, à moins que les chofes ne foient dans la derniére juftefle, l'oreille eft un Juge qu'on ne corrompt point, & qui ne feroit aucune difficulté de condamner un Couplet entier pour une fyllabe longue où il en faut une bréve, ou pour une bréve où il en faut une longue. Je vous prie, Monfieur, que cétte raifon me ferve de légitime excufe envers des Princes aufli éclairez que le font les vôtres. Je voy trop de rifque à obéïr aux Commandemens dont ils m honorent, & trop peu de Gloire a y acquerir. Quelque jour quand j'écriray ce qu'ils fçavent faire, ils verront ce que je fçay faire moy-même : & peut-être feront-ils contrains d'avoüer, que fi leur grand Talent eft de fçavoir bien battre les Ennemis, le mien eft de le fçavoir affez bien dire, pour obliger leurs Neveux à s'en entretenir jufqu'à la veille du Jugement

final. Vôtre zéle & vôtre fidelité vous
ayant rendu le témoin de tous leurs Exploits, vous ne devez pas douter qu'en
parlant d'eux, je ne vous rende toute
la justice qui vous est dûë, pour m'acquiter, Monsieur, de celle que vous me
faites de me croire, Vôtre tres-humble
& tres-obéïssant serviteur.

A MONSIEUR

LAMBERT,

Maréchal des Logis chez le Roy.

ENfin, Monfieur, vous ne pouvez donc quitter vôtre Seigneurie de Maule ; & vous avez réfolu de laiffer paffer la meilleure partie de l'hiver, fans venir icy perdre vôtre Argent à l'Hombre. Le plaifir que vous avez de Régenter à ce Jeu dans le Païs où vous êtes, vous fait craindre de revenir être un Ecolier parmi nous ; & vous faites comme ces Officiers qui amaffent de l'argent dans leur Garniffon, pour le venir manger à Paris. Quelque gain que vous puiffiez faire là, je gagerois bien que vous perdrez icy davantage : on vous y attend dans le deffein de vous y traiter de Turc à Maure ; & pour dire quelque chofe de pis, de ne pas laiffer

paſſer un jour ſans vous y faire faire la
Bête. Prenez vos meſures ſur ce que je
vous mande ; & réſolvez-vous à perdre
aſſez pour nous dédommager de ce que
nous avons manqué à gagner depuis
trois mois. Monſieur l'Abbé Duroydaut
vous attend auſſi pour vous remercier
des Bas que vous luy avez envoyez,
dont il eſt ſi content qu'il ne les chan-
geroit pas pour tout ce qu'il peut pré-
tendre à la Papauté. Bourſault s'offre à
vous faire un Compliment en Latin pour
s'acquiter de la grace que vous luy a-
vez faite ;. & à la prémiere Théſe qu'il
ſoutiendra, il vous en promet une de
Satin. Pour moy, Monſieur, je ne ſçay
combien vous m'en apporterez de Paires : mais je ſçay bien que quand il y
en auroit quatre vous y gagneriez encore, & que ſi vous aviez été icy depuis trois mois, je me ſerois fait un
fonds pour achetter quatre Paires de Bas
de Soye, quand même j'aurois été aſſez
malheureux pour ne vous gagner réglé-
ment qu'un écu par ſemaine. C'eſt une
réfléxion que je vous prie de faire quand
vous paſſerez par vôtre Manufacture.
Meſdemoiſelles * * * avoient prié ma

Femme, de vous demander un Pâté de
Venaifon ou de quelque Coq-d'Inde
bifayeul ; mais elle n'a pas cru être affez bien avec vous pour ofer prendre
cette liberté ; & quant à moy je leur
ay témoigné que je ne vous en parle-
rois pas, & je ne vous en dis rien auffi.
Peut-être croiriez-vous que l'envie de
le partager avec elles m'auroit obligé à
vous en écrire ; & ce feroit un Jugement téméraire que je fuis bien aife de
vous épargner. Une occafion où vous
n'en pouvez jamais faire , c'eft, Monfieur, quand vous me ferez la grace de
me croire, Vôtre tres-humble, &c.

A MADAME

LA PRESIDENTE S. ***

qui vouloit marier Mademoiselle sa fille en Portugal.

LETTRE ET FABLE.

J'Ay fait, Madame, tout ce que le zéle que j'ay pour vous a été capable de m'inspirer pour disposer Mademoiselle vôtre Fille à vous obéïr, mais tout ce que j'ay pû faire, & tout ce que vous ferez vous-même sera inutile ; & si je ne me trompe vous vous donnerez bien de la peine toutes deux. Il n'y a point d'extrémité où elle ne se porte plûtôt que d'aller où vous la voulez envoyer : & s'il m'est permis de vous parler avec ma sincerité accoûtumée, tout ce que je voy de personnes de bon sens entrent plus dans ses raisons que dans les vôtres. Pour moy qui parle toûjours le

cœur fur les lévres , & qui fuis trop
vieux pour jamais me corriger de ce
deffaut, je vous conjure de ne me point
faire Juge entre elle & vous : quelque
penchant que j'aye à vous croire l'une
des plus équitables Femmes du Monde,
il me femble que vous ne l'êtes point à
fon égard ; & fi vous pouviez pour
quelques momens mettre à part vô.re
qualité de Mére vous auriez plus d'in-
du'gence pour elle que vous n'en avez.
Ce fut vous qui aprés la Bataille de
Fleurus, où Monfieur fon Frére fut tué,
ufâtes de toute vôtre autorité pour la
faire fortir du Convent où elle étoit,
dans l'efpoir de luy faire époufer un
des hommes de France qui promet le
plus ; & qui, à Vingt deux ans, a plus de
Mérite que les autres n'en ont à Cinquante. Vous avez vous & luy le même Nom & les mêmes Armes : je ne
puis mieux dire qu'il y a peu de Mai-
fons dans le Parlement qui puiffe difputer de Nobleffe avec la fienne. Voila,
Madame , tout ce que peut fouhaiter
dans un homme une Mére qui veut bien
pourvoir fa Fille ; & quand j'auray ajoûté qu'il eft auffi beau, auffi bienfait &
auffi

auſſi riche qu'on le puiſſe être on jugera aiſément que ce ne ſont pas des obſtacles à un Mariage. A l'égard de Mademoiſelle vôtre Fille, elle vous reſſemble ; je n'ay rien à en dire de plus. A peine fut elle hors de ſon Convent qu'elle ſe fit des Adorateurs de tous ceux qui la virent : mais ſon obéiſſance s'accommoda à vôtre inclination ; & quoi qu'elle fuſt aimée de tout le Monde ſon cœur n'oſa ſentir d'émotion que pour l'Amant que vous luy aviez choiſi. S'ils ne ſont pas mariez c'eſt vous uniquement qui ne l'avez pas voulu, & qui avez ſouhaité qu'ils euſſent le tems de s'accoûtumer enſemble avant que de s'unir pour toûjours. Ils vous ont ſi bien obéï qu'il leur eſt impoſſible de s'en déſaccoûtumer ; & leurs Ames ont entre elles une union ſi étroite que, pour ainſi dire, elles ne peuvent ſe déprendre l'une de l'autre. Dans cette conjoncture une Succeſſion qu'il s'agit de partager entre vous & le Pére de cet Amant, & qui devroit vous unir plus que jamais, eſt ce qui vous broüille : & parce qu'il y a de la diviſion entre vous, vous voulez qu'il y

P

en ait entr'eux. On le pardonneroit à
une Perſonne qui auroit moins de lumieres, mais à vous, qui connoiſſez ſi
bien l'indépendance de l'Amour, peut-
on vous pardonner l'injuſtice que vous
voulez faire d'envoyer en Portugal un
des plus beaux Ornemens qu'ait la
France ? Vous dites que Mademoiſelle
vôtre Fille y aura un Rang conſiderable : eh Madame ! celuy qu'on luy offre icy eſt-il mediocre ; & hors le Ta-
bouret, y a-t-il rien de plus glorieux ?
De Vingt Mariages que l'on fait par
ambition ou par politique il n'y en a
pas trois qui ſoient heureux : Et s'il vous
ſouvient de m'avoir dit bien des fois
que vous trouviez plus de goût à mes
Fables qu'à celles de la Fontaine, (ce
que j'ay toûjours crû plus honnête que
ſincere) ayez la bonté d'en voir encore une que je ne croy pas indigne de
vôtre attention.

LE COC ET LA POULETTE,

FABLE.

UN jeune Coc, des mieux huppez,
En rôdant par ſon Voiſinage,

D'une jeune Poulette auffi belle que fage,
Eut les yeux & le cœur également frappez.
Ce Coc étant fort beau, comme elle étoit fort
   belle,
Elle fentit pour luy ce qu'il fentoit pour elle;
Leurs cœurs des mêmes traits furent tous deux
    bleffez :
Et tous deux penetrez de la même tendreffe
Du matin jufqu'au foir ils fe voyoient fans ceffe
    Et ne fe voyoient pas affez.
Pendant que l'un & l'autre à l'amour s'abandon-
   nent
    Et qu'ils jurent fi tendrement
    De s'aimer éternellement,
Leurs feveres Parens autrement en ordonnent.
    Le Pere du Coc le contraint
    A quitter fa chére Poulette :
En vain de fa rigueur il gémit & fe plaint;
Il faut qu'il obeïffe ou qu'il faffe retraite.
    D'abord fur le Toit le plus haut
    Il fe refugie & fe guinde;
Mais n'y pouvant trouver l'Aliment qu'il luy
   faut
Pour contenter fon Pere il luy falut bien-tôt
    Epoufer une Poule-d'Inde.
               P ij

Ces Epoux dés le premier jour
Empéchez de leur contenance,
S'étant mariez sans amour
Se traiterent sans complaisance.
Outre qu'ils negligoient le soin
De se dire des yeux quelque chose de tendre,
Leur langage à tous deux étoit un Baragoüin
Qu'eux-mêmes ne pouvoient entendre.
Quand le Coc chantoit ou parloit
La Dinde auroit juré que c'étoient des murmu-
res :
Et quand la Dinde l'appelloit
Il croyoit oüir des injures.
En un mot, leur Destin ne fit point d'envieux,
Il faut que pour bien vivre ensemble
L'Amour ait soin d'unir ce que l'Hymen as-
semble :
Il est sûr qu'on s'entend bien mieux.

Trouvez bon, Madame, que je n'a-
joûte rien à une Fable qui en dit assez
pour vous faire connoître que je suis,
avec autant de sincerité que de respect,
Vôtre trés-humble & trés-obéïssant serviteur.

APOSTILLE.

On ne peut être plus senfible que je le fuis à la grace que vous m'avez voulu faire, pendant mon abfence, de me procurer la place qui étoit vaccante à l'Académie par la mort de Monfieur *** & qui a été remplie par un homme qui en eft incomparablement plus digne que moy. L'honneur que vous me faites de me croire capable d'en être, me confole de n'en être pas.

S'il eft vray que fans fard vous foyïez mon
    Amie
D'aucun chagrin pour moy n'ayez le cœur
    faifi
      De ce qu'on ne m'a point choifi
      Pour être de l'Académie :
Il m'eft plus glorieux qu'un Objet plein d'appas
      Me demande, comme vous faites,
      D'où vient que vous n'en êtes pas ?
Qu'à ceux à qui l'on dit, d'où vient que vous
    en êtes.

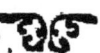

P iij

A MONSEIGNEUR
LE DUC DE S. AIGNAN,

à qui le Roy avoit donné Dix
Mille Livres de rente à prendre fur la Caffette de Sa Majefté.

MONSEIGNEUR,

Que j'aurois de joye fi la Juftice que
le Roy vous a renduë égaloit le Mérite que vous avez ! Il n'y a perfonne en
France qui fût auffi bien avec la Fortune que vous y feriez ; & perfonne
auffi ne feroit capable d'en faire un fi
bon ufage que vous. Sa Majefté eft plei-
nement récompenfée des Bienfaits qu'elle a répandus fur vous par les Bénédictions qu'on répand fur elle : on luy
rend dans l'ame des actions de Graces

de celles dont elle vous honore : & les marques qu'elle vous donne de son Estime luy attire celle de tout le Monde. Je ne doute point, Monseigneur, qu'étant aimé & respecté comme vous l'êtes vous n'ayïez receu force Complimens sur ce sujet. Je laisse à qui voudra la gloire de vous en faire de plus polis que le mien ; mais je suis seur qu'on ne vous en a point fait de plus sincére. Rien ne manque à ma joye que l'honneur de vous dire de bouche ce que je prens la liberté de vous écrire ; & depuis deux jours je cherche en vain à m'acquiter de ce devoir. Je vous en demande trés-humblement la permission ; & de peur que je ne vous dérobe des momens utiles, je vous supplie, Monseigneur, de me faire dire à quelle heure je vous incommoderay le moins. Vous ne pouvez accorder cette grace à personne qui soit avec plus de zéle & de respect que moy,

MONSEIGNEUR,

Vôtre trés-humble & trés-obeïssant serviteur.

P iiij

GRANDE LETTRE,

A SON ALTESSE SE'RE'NISSIME

MONSIEUR,

LE PRINCE.

Nouvelles de Paris.

MONSEIGNEUR,

Pour obéïr aux Ordres que j'ay re-
çûs de Vôtre Alteffe Séréniffime de luy
mander toutes les Nouvelles que je
pourrois fçavoir, je luy diray que le
Roy & la Reine allerent Dimanche dernier au devant de la Reine d'Angleterre jufqu'à Pontoife. Sa Majefté Britannique répondit fi bien aux honnêtetez
que luy firent les Majeftez Françoifes,
que ce fut à qui s'en feroit le plus ; &
fi le Neveu fut ravy de voir fa Tante,

il eſt aiſé de croire que la Tante ne le
fut pas moins de voir ſon Neveu.

Depuis un honneur ſi ſublime
On dit que Pontoiſe s'eſtime ;
Et qu'elle veut aller du pair
Avec les Villes du bel air.
On dit même que ſa Riviere
Etoit ce jour-là toute fiere :
Et pour avoir plus de plaiſir
Que ſes flots couloient à loiſir :
Qu'au lieu de pourſuivre leur courſe
Les uns remontoient vers leur Source,
Pour paſſer encore une fois
Devant le plus juſte des Rois :
Qu'en des endroits, l'Eau pareſſeuſe
Faiſoit tout exprés la dormeuſe ;
Et pour voir LOUIS plus long-tems
Retardoit de quelques inſtans
Les hommages qu'elle doit rendre
Où Neptune a ſoin de l'attendre ;
Et qu'elle ſeroit encor là
N'étoit que le Roy s'en alla.

Ce qui redoubloit la joye de ces Têtes Couronnées , c'eſt Monſeigneur , que la Reine-Mere & le Roy d'Eſpagne, qui ont été tous deux à la porte du Trépas , en ſont heureuſement revenus ; & ſuivant toutes les apparences on ne croit pas qu'ils y retournent ſi-tôt. On n'a jamais vû une conſternation plus grande que celle où étoit la Cour la ſemaine paſſée : le viſage des Médecins ſembloit annoncer au Roy que Sa Majeſté n'avoit plus de Mére ; & ſi je n'en manday rien à V. A. S. ce fut pour m'épargner le chagrin de luy en cauſer.

> De quel air aurois-je pû dire
> La Reine ſe meurt ? Elle expire ?
> Ce qu'eut l'Univers de plus beau
> Eſt prêt d'enrichir un Tombeau ?
> Une perte ſi générale
> Oſte au Pauvre une Libérale ;
> La Veuve eſt reduite aux abois ;
> L'Orphelin va l'être deux fois ;
> A chaque pieux Monaſtere
> La Mort va ravir une Mére ;
> Et ſi rien n'arrête le cours
> Du mal qui menace ſes jours ,

Dieu même icy-bas perd un Temple,
Et toute la Terre un Exemple.
J'attendois que Sa Majesté
Reprît sa premiere santé
Pour vous apprendre une Nouvelle
Qui fust aussi bonne que belle,
Enfin, cet heureux jour paroît:
Le Cancer qui la dévoroit
Ne sçauroit plus faire de niche
A nôtre Auguste Anne d'Autriche.
Dieu qui sçait bien ce qu'il nous faut
Luy garde sa place là-Haut:
Mais comme sa Vie exemplaire
A sa gloire est fort necessaire,
Luy-même a pour dix fois un An
Fait rétrograder le Quadran. *
Au bout de dix ans, sans obstacle,
Il peut faire encor un Miracle;
Sinon au sortir de ces lieux
Il la conduira dans les Cieux.

* Le Prophéte Isaïe fit autrefois rétrograder un
Quadran Solaire de dix heures, pour faire voir à E-
zechias Roy de Juda, qui étoit Malade, que Dieu
luy prolongeoit la Vie. Liv. 4. des Rois.

Vous voulez bien, Monseigneur, qu'aprés vous avoir assuré de la santé de la Mere du Roy, je vous assure encore de celle du Pere de la Reine. Ce qui faisoit paroître Sa Majesté avec tous ses charmes c'étoit la joye d'avoir appris

Que son Catholique Papa
Qui ces jours passez échapa
Aux cruelles mains de la Parque
Acharnée aprés ce Monarque,
Maintenant se porte si bien
Qu'on n'en apprehende plus rien.
L'Anesse qui luy donne à boire
Est toute brillante de gloire :
Sans qu'aucun luy fasse de mal
Elle court dans l'Escurial.
Mais elle a pourtant des foiblesses ;
Elle fuit les autres Anesses ;
Fiere du succez de son Lait
Elle les méprise, les hait ;
Et depuis sa haute fortune
Elle n'en regarde pas une.
Il n'est pas jusqu'à ses Anons
Qui méprisent leurs Compagnons,

Depuis qu'en un lieu qu'on révére
Ils suivent Madame leur Mére.
Par tout où je jette les yeux
Je vois bien des Anons comme eux :
Quoi-que ceux que le fort éléve
Ne foient que des Rois de la féve ,
D'abord qu'on eft plus qu'on ne naift
On croit être plus que l'on n'eft.

Je fuis fûr que V. A. S. ne s'attendoit
pas à trouver de la morale dans ce que
je prens la liberté de luy écrire. Je mets
tout en œuvre pour luy faire ma Cour
le mieux que je puis : mais elle eft d'u-
ne fi terrible délicateffe que la peur de
broncher devant elle fait prefque à tous
momens faire de faux pas. C'eft, Monfeigneur, ce qui me fait au plus vifte
recourir à une Nouvelle , afin que le
plaifir que vous aurez à l'apprendre vous
faffe paffer légérement fur le refte.

Sur la Mer , qu'en tremblant je lorgne,
Où la Fortune , deux fois borgne , *

* Aveugle.

Plus fréquemment qu'en d'autres lieux
Montre bien qu'elle n'a point d'yeux ;
Un Duc, bien Duc puisqu'il est Prince, *
De qui la valeur n'est pas mince,
A pris dans un Combat Naval
Admiral ,' & Vice-Admiral :
Et comme en rencontre pareille
Un Désesperé fait merveille ,
Par hazard il s'en trouva deux
Qui méritent qu'on parle d'eux.

Un More, obstiné comme quatre,
(Qui ne demandoit qu'à se battre
Quoi-qu'il fust tout couvert de coups)
L'œil étincelant de courroux
D'avoir laissé dans la Défaite
Le Bras gauche & la Jambe droite ,
De son Bras unique & nerveux
Prend son Aversaire aux Cheveux
Le jette par terre , & luy fauche
Le Bras droit , & la Jambe gauche.

Alors , n'ayant point d'autre but
Que de s'achever but-à-but ,
Aprés deux minutes de trêve

* Monsieur de Beaufort.

Chaque Champion se relève,
Et plus animez de moitié
Recommencent à clochepié.

Le Chrétien qui void que le More
A qui le Bras droit reste encore,
Avec ce formidable appuy
A trop d'avantage sur luy ;
D'un coup qu'à l'instant il décharge
Sur sa Main horriblement large,
D'un officieux Coutelas
Il luy jette le Pouce à bas.

Le More, qui lors se courouce,
Pour vanger la mort de son Pouce
Sollicite de vive voix
Le secours de ses autres doigts :
Mais durant le tems que de terre
Il ramasse son Cimeterre
De son irrémissible fer
Le Chrétien l'envoye en Enfer.
Pour luy qui mourut le jour même
Avec un repentir extrême
Comme un des Enfans du vray Dieu
On le croit dans un autre lieu :
Et moy, qui sçais mal cette Carte
De crainte que je ne m'écarte

Si je pénétre plus avant,
Je passe à l'Article suivant.

❧

Je ne puis me resoudre à quiter la
Mer sans vous dire, Monseigneur, qu'on
travaille avec grand succez à joindre l'O-
cean à la Mediterranée. On y trouve
des Dispositions si favorables, & tant de
Fleuves, de Rivieres & de Lacs con-
courent à faire réüssir ce grand dessein
que l'évenement n'en est plus douteux.

Pour peu que le Ciel favorise
Une si loüable entreprise
Tant de Testes s'en méleront,
Tant de Bras y travailleront,
Qu'on pourra dans peu, ce me semble,
Marier ces deux Mers ensemble ;
Et sans commettre aucun délit
Les coucher dans un méme Lit.

❧

Dire à V. A. S. que dans un âge où
l'on ne respire d'ordinaire que la joye
& le divertissement, Monsieur le Duc
fait

fait des Actions pieuses, ce sera je croy
la surprendre assez. Il n'est rien de plus
vray, Monseigneur, qu'il en fit Mercre-
dy une dont bien du Monde fut édifié :
& comme j'en fus témoin je vais vous
en rendre un compte fidele.

Dans l'Eglise où gist une Vierge
Que l'on dépeint tenant un Cierge
Qu'un Diable aussi méchant que laid
Veut éteindre avec un soufflet,
Et qu'un Ange aussi Saint qu'aimable
R'allume en dépit de ce Diable ;
La veille du vingt de ce mois
Pour la Doüairiere de Foix
A qui le Seigneur soit propice
On fit un solemnel Service.
Le Supérieur Général
En Vestement Pontifical
Avec Diacre & Soûdiacre,
Et d'une Voix qui n'est point âcre
Sans tousser & sans faire hem,
Dit la Messe de *Requiem.*
De plus d'un demiquart de lieuë
L'Illustrissime Duc sans Queuë,
[Vôtre Altesse se doute bien

Q

Que je parle du Duc d'Enguien,
Qui par son Auguste Naissance
Est le Duc le premier de France ;
Et que tout Paris nomme exprés
Monsieur le Duc & rien aprés.)
Ce Duc, dis-je, que chacun prise
De vôtre Hôtel dans cette Eglise
(Quoi-que cette Eglise en soit loin)
Se rendit avec un grand soin :
Puis sa Sérénissime Altesse
Dés-qu'on eut achevé la Messe
Commençant à s'ennuyer là,
Trés-subitement s'en alla.

La Nouvelle qui suit n'est peut-être
pas de trop bon Aloy ; mais je vous la
donne, Monseigneur, pour le prix
qu'elle m'a coûté : & comme ceux qui
me l'ont apprise n'en ont pas voulu être
les Garens, je supplie trés-humblement
V. A. S. de trouver bon que je la luy
apprenne aussi sans aucune garentie.

On m'a dit que dans la Calabre
Que le courroux du Ciel délabre,

Il eſt arrivé du fracas
Qui cauſe un étrange tracas.
La Terre, qu'on y croyoit bonne,
A tremblé comme une Poltronne,
Et ſa Maſſe en tremblant ainſi
En a bien fait trembler auſſi.
De quatorze ou quinze familles
Sept Vieillards, huit Garſons, neuf Filles,
Trois Coquettes qui s'habilloient,
Quatre Vieilles qui babilloient,
Un Mourant qu'exhortoit un Prêtre,
Un Laquais qui voloit ſon Maître,
Tous enſemble écraſez d'abord
Eprouvérent le même ſort;
Et voyant leur trame finie
S'en allérent de compagnie,
Afin de ne s'ennuyer pas,
Peu là-haut, & beaucoup là-bas:
J'en juge par les Conjectures,
Aucun n'ayant pris ſes meſures
De la façon qu'on m'en parla,
Pour faire ce voyage-là.

Q ij

Je croy, Monseigneur, ne pouvoir mieux dédommager V. A. S. d'une Nouvelle douteuse qu'en luy en disant une dont il est impossible de douter. Hier, jour de saint Bartelemi on fit une véritable saint Bartelemi du Lieutenant Criminel & de sa Femme : & c'est une chose assez extraordinaire pour devoir n'être pas récitée en langage commun.

Hier, prés du Cheval de Bronze,
Entre l'heure de dix & d'onze,
On assassina (grace à Dieu)
Feu Messire Jacques Tardieu.
Ce grace à Dieu, par parentese,
Ne dit pas que j'en sois bien aise :
Mais quand un malheur nous avient
Comme c'est de Dieu qu'on le tient,
Et qu'il est la premiere Cause
Qui fait arriver toute chose,
Lors qu'il condamne ou qu'il absout
On luy doit des graces de tout.
Ainsi, quoi-que chacun en pense,
Soit châtiment, soit recompense,
Soit qu'il ait souffert le trépas
Pour aller là-haut ou là-bas,

Soit qu'il se chauffe en Purgatoire ;
Hier, si j'ay bonne mémoire,
On assassina (grace à Dieu)
Feu Messire Jacques Tardieu.
Pour Madame la Lieutenante
Si bien née, & si bienfaisante,
D'un seul coup de Barre de fer
On luy mit la Cervelle à l'air :
Et sa belle Ame à la même heure
Voyant démolir sa demeure
S'en alla par un si grand trou . . . .
Je n'ay pas besoin de dire où.

N'est-il pas vray, Monseigneur, que
c'est suffisamment ennuyer V. A. S. &
que je ne luy ferois pas plaisir de luy
écrire souvent de si longues Lettres ?
Souvenez-vous, s'il vous plaît, que c'est
vous qui l'avez absolument voulu ; &
qu'il n'y a personne qui ose vous resi-
ster qui ne s'en repente. Enfin, Monseigneur, si je n'ay la gloire de vous
plaire, j'auray au moins celle de vous

obéir; & de vous témoigner avec comā
bien de respect & de soumission je
suis,

MONSEIGNEUR,

De V. A. S.

Le tres-humble & tres-
obéïssant serviteur.

REPONSE

DE SON ALTESSE SERENISSIME,

A L'AUTEUR.

Quelque longue que vous paroisse la Lettre que vous m'avez écrite, je trouve qu'elle ne l'est pas assez. J'eus hier beaucoup de plaisir à la lire ; & vous m'en ferez toûjours quand vous m'en écrirez de semblables. Je la liray encore tantôt. Je ne puis mieux vous dire que j'en suis extrémement satisfait.

LOUIS DE BOURBON.

A MONSIEUR

DU P.RE'

Récit d'un Voyage où l'Auteur
ne dit que deux Monosyllabes,
encore y en eut-il un de trop.

C'Est me donner un terme un peu
long, Monsieur, que de me remettre à Noël pour vous aller joindre
à Romilly. S'il étoit encore permis de
parler Proverbe, je vous dirois que
c'est compter sans son Hôte, & que je
ne puis attendre si long-tems à être le
vôtre. Si vous n'êtes en Champagne à
la saint Hubert, je ne prétens pas que
la saint Martin m'y trouve. A vous dire vray, Monsieur, il y auroit un peu
de cruauté de vôtre part si vous souffriez
que je m'en retournasse comme je suis
venu. Je fis cinquante lieuës avec des
Gens dont la conversation étoit si belle,

que

que pendant tout le chemin je ne dis
que deux Monofyllabes , encore y en
eut-il un qui m'échappa fans néceſſité.
Jamais homme n'a été fi trompé que je
le fus à cette Voiture-là. Je me flatois
de faire un voyage fort agréable , parce que nous n'avions dans nôtre Caroſſe ni Femmes ni Móines , dont toutes
les Hôtelleries de la Route s'étonne-
rent ; & en effet c'étoit une choſe fans
exemple : mais de ſix hommes que nous
étions , il eſt conſtant que j'étois le plus
raiſonnable ; & c'eſt aſſez décrier le reſte pour vous en faire avoir trés-mé-
chante opinion Il n'y a guéres d'apparence que je ſois plus heureux en m'en
retournant , à moins que je n'aye l'a-
vantage de vous trouver à moitié chemin. Voicy à peu prés le tems que les
Ecoliers & les Plaideurs vont repeupler
les Chambres garnies de Paris ; & je
vous laiſſe à penſer quelle figure feroit
avec eux un homme qui n'a ni Etude
ni Procez. Au reſte , Monſieur , quelque
bonté que Monſieur le Préſident puiſſe
avoir pour moy , je doute qu'il s'apper-
çoive ſi bien de mon abſence que je
m'apperçois de la ſienne. Un Préſent
R

semblable à celuy qu'il me fit quand je le quittay me seroit d'un grand secours pour l'aller voir. S'il ne tient qu'à vous offrir des occasions de parler de moy, en voicy une qui semble s'offrir d'elle-même. On m'apporta hier une Truite de si belle taille que depuis trois mois que je suis en ce Païs-cy je n'en ay vû qu'une de même grandeur, dont un Curé, accusé de n'avoir pas toûjours couché avec son Bréviaire, fit present à son Evêque : & ce Poisson là fut un puissant Intercesseur pour le faire absoudre de tous les péchez que la Chair luy avoit fait commettre. Monsieur le Président qui préfére un Pâté de Truite à tout ce qu'on luy peut donner, n'en a jamais vû un plus beau que celuy que je vous conjure de luy presenter Vendredy matin. Vous vous doutez bien, Monsieur, que j'ay assez bon sens pour ne rien prescrire à l'Amitié dont vous m'honorez : je sçay jusqu'où elle a coûtume d'aller ; & je ne voy que ma Reconnoissance qui soit capable d'aller aussi loin qu'elle. Faites moy la grace d'en être bien persuadé, & de me croire avec passion, &c.

A

MONSIEUR RIEL,

Elû des Etats de Bourgogne, qui avoit fait present à l'Auteur de quatre Demi-Muids d'excellent Vin.

IL y a long-tems, Monsieur, que j'aurois fait Réponse à la derniere Lettre que vous m'avez fait l'honneur de m'écrire, si je n'avois égaré vôtre Adresse de Dijon. Quoi-que vôtre Nom y doive être assez connu par le Poste où vous y êtes, j'ay eu peur de faire quelque faux pas pour peu que je m'éloignasse de la Route que vous m'avez marquée. Maintenant que je vous croy de retour sur vôtre Paillier, souffrez, s'il vous plaît, que je me gendarme contre vous pour vous remercier de la derniere grace que vous m'avez faite. Si vous ne pouvez vous corriger de la

méchante habitude que vous avez con-
tractée, de m'accabler de Preſens que
ce ſoient au moins des Preſens qui ne
vous ſoient point étrangers, & ne faites rien acheter à Paris pour me l'envoyer à Paris même. L'envie que vous
avez euë de me faire boire du Vin d'Ar-
bois ſi la Gelée n'y eût mis obſtacle,
m'aſſuroit aſſez que je ne ſuis pas hors
de vôtre ſouvenir ; & il n'étoit pas ne-
ceſſaire de le convertir en Vin de Beau-
ne pour donner des marques de vôtre
Amitié à un homme qui n'a jamais douté de la foy de vos paroles. Les ordres
que vous aviez donnez étoient ſi précis que le lendemain de la reception de
vôtre Lettre je trouvay quatre Demi-
Muids de Vin devant ma Porte, ſans
que le Charetier qui l'amena voulût
prendre quoy que ce ſoit pour ſa Voiture. Dans le deſſein que j'avois de vous
quereller, (choſe qui ne m'arrivera jamais tant que j'auray l'uſage de la raiſon libre) je l'ay fait percer ce matin,
réſolu de m'enyvrer avant que de vous
écrire, pour être en droit de vous dire
tout ce qui me viendroit dans l'eſprit :
& ſi vous voulez que je vous parle iu

Vino veritas, je doute que ceux qui ont l'honneur d'en fournir au Roy puiſſent luy en choiſir de meilleur. Plût au Ciel, que le Voyage que vous devez faire à Paris fuſt à mon choix ! Vous ſeriez bientôt témoin de ce que je viens de dire ; & je croirois ne vous pouvoir mieux témoigner ma reconnoiſſance qu'en vous en faiſant boire le plus qu'il me ſeroit poſſible. Je vous ſuplie, Monſieur, puiſque vous ne vous laïſſez point de m'obliger, de faire en ſorte au moins que je vous ſois bon à quelque choſe : c'eſt vous acquerir trop d'avantage ſur moy que de me faire de continuelles graces ſans m'offrir aucune occaſion de les mériter ; & je renonce au plaiſir de toûjours recevoir, s'il faut que j'aye la confuſion de ne jamais rendre. Donnez-y ordre, je vous en conjure ; & ne laiſſez pas plus long-tems inutile l'homme du monde qui eſt avec le plus de paſſion, Monſieur, Vôtre trés-humble, &c.

A MONSEIGNEUR

LE DUC DE BOURGOGNE,

en luy prefentant une Carte Généalogique où il étoit habillé en HEROS.

MONSEIGNEUR,

Dans le Tableau que je prens la liberté de vous prefenter, le Peintre n'a pû attendre la lenteur de l'Age pour vous donner l'Habit d'un Héros : feur que la Nature n'attendra pas le fecours des Ans pour vous en accorder toutes les Vertus. Vous avez la Gloire d'être Né d'un Sang qui, du confentement de toutes les Nations, eft le Sang le plus Augufte du Monde : vous avez l'Honneur d'être petit-Fils d'un Monarque

dont le Régne fait l'Admiration de l'U-
nivers ; & vous pouvez être plus Grand-
Homme que tous ceux dont parlent les
Histoires Etrangeres, sans avoir besoin
de suivre des Exemples Etrangers. Qu'on
ne cite plus la Valeur d'Alexandre, la
Fermeté d'Annibal, la Sagesse de Sci-
pion, l'Intrépidité de César, la Probité
de Pompée, la Clemence d'Auguste, &
la Bonté de Titus. Les Siécles qui les
ont suivis ont été les Dépositaires de
leur Gloire tant qu'ils n'ont rien veu
de plus Grand qu'Eux : Mais le Régne
de LOUIS LE GRAND a fait éva-
noüir tous ces faux Modéles de Vertu;
& la Renommée qui ne veut laisser
ignorer à la Terre aucune de ses grandes Actions, a de l'occupation pour tout
le reste des Tems. Oüy, MONSEIGNEUR,
tant que le Soleil prêtera sa Lumiere
au Monde, la Vie de Vôtre Invincible
Ayeul sera l'unique Etude de tous les
Princes qui voudront Régner glorieusement, & la Posterité trouvera plus
de Qualitez de Héros en luy seul que
dans tout ce que l'Antiquité a eu de
Héros ensemble. Combien de fois sa
Valeur a-t-elle allarmé la France :

R iiij

& combien de fois ses Conquêtes luy
ont-elles fait hazarder quelque Chose
de plus précieux que la Conquête de
tout l'Univers ? Quel Prince a jamais sçû
la Politique dans une si haute perfection ? Et dans quel Monarque trouve-
t-on tant d'Amour pour ses Sujets ? tant
de Zéle pour la Religion ? tant de plaisir à recompenser ? tant de peine à punir ? Sous quel Régne a-t-on vû gagner
Onze Batailles ; réünir Cinq Provinces
à la Couronne ; prendre plus de Cent
Villes ; &, pour tout dire, donner la
Paix à l'Europe dans un tems où il luy
étoit facile de la Conquerir ? Ah ! Monseigneur, que j'ay icy peu d'espace ! & qu'il en faudroit pour dire tout
ce qu'a fait de grand le plus Grand Roy
qui sera jamais ! La gloire de vous en
instruire est reservée à des Personnes
dont le Mérite est aussi élevé que la
Naissance : & c'en est assez pour moy
que celle d'être avec autant de Zéle que
de Respect,

MONSEIGNEUR,

Vôtre trés-humble, & trés-obéï-
sant, & trés-soûmis serviteur,

A MONSIEUR

L'EVESQUE ET DUC
DE LANGRES,

PAIR DE FRANCE.

Remarques & bons Mots.

MONSEIGNEUR;

Je m'en doutois bien que vous aviez
des Diocefains Gruës, (quels Evêques
n'en ont pas ?) & que la Turlupinade
de ma précédente Lettre ne feroit pas
l'endroit qui les toucheroit le moins.
Je vous fuis fenfiblement obligé de là
bonté que vous eûtes d'en effacer ce
qui leur pouvoit déplaire , & d'avoir
vous-même doré la Pillule pour la leur
faire prendre plus aifément. Puifque
vous avez la complaifance de vouloir

bien defcendre jufqu'à leur gouft, & que vous m'ordonnez de m'y accommoder auffi, je vais, Monfeigneur, purement pour vous obéïr, commencer cette Lettre à peu prés par où je finis la derniére que j'eus l'honneur de vous adreffer ; c'eft à dire par une Verité qui a beaucoup d'air d'un Conte ; & qu'ils goberont avec plus d'avidité qu'une meilleure chofe. Et pour épargner à Vôtre Grandeur la peine d'effacer ce qu'elle ne voudra pas qu'ils voyent je luy fais ce petit Compliment à part, pour la fuplier trés-humblement de me pardonner les impertinences qu'elle me commande de luy écrire.

Henri de Bourbon, Prince de CONDE', Grand-pére de Monfieur le Prince d'aujourd'huy, étoit bon fans foibleffe, & fier fans orgueil : ne fe fouvenant pas de fon Rang, quand fon Divertiffement vouloit qu'il l'oubliât ; & ne l'oubliant jamais, quand fa Gloire vouloit qu'il s'en fouvint. Jamais Domeftique n'eft forti d'avec luy fans avoir fait une Fortune proportionnée à la qualité qu'il y avoit ; & Monfieur le Préfident Petrault, qui m'a dit ce que je vais reciter à Vôtre Grandeur, en étoit luy même une preuve incontestable. Ce Prince, qui se plaisoit extrémement dans sa belle Maison de Saint Maur, y avoit un Jardinier, natif de Vandeuvre, petite Villette à trois lieuës de Barsuraube. Il s'appelloit Antoine Pion ; étoit marié ; & son premier Enfant étant un Garçon il pria effrontément Monsieur le Prince d'en être le Parain. Monsieur le Prince, qui en étoit bien servi, ne voulut pas luy refuser un honneur si grand ; mais pour le punir de l'audace qu'il avoit euë de faire son Compére de son Maître, au lieu de donner son Nom à l'Enfant, il eut la malice de luy donner le Nom du Saint du Lieu : de sorte que ce pauvre petit Garçon ayant été nommé MAUR, & son Pere s'appellant Pion, on ne pouvoit prononcer le Nom de cet Enfant sans rire. Il y a encore à Vandeuvre de ses petits Fils, à qui l'on ne peut donner plus de chagrin que de leur parler du Filleul de Monsieur le Prince.

S'il faut de necessité être humble pour être Saint, je doute qu'il y ait jamais de Gascons canonisez. Je n'ay ja-

mais connu de Roturiers de Gascogne :
jusqu'aux Fraters Chirurgiens (dont il
semble que ce Païs soit la pepiniére)
tout y est Noble. Il y a quelque tems
qu'un de ces Gentilshommes vint à Paris, avec si peu d'Argent qu'il n'en eut
pas pour huit jours dans l'Auberge la
plus mince qu'il put trouver. Pour sur-
croît de chagrin il y tomba malheureu-
sement Malade : & le Maître, aussi Nor-
mand que l'autre étoit Gascon, c'est à
dire, aussi résolu à ne point faire de
crédit que l'autre l'étoit à en demander,
luy ayant refusé le secours dont il avoit
besoin, il fut contraint de se faire porter à l'Hôtel-Dieu : où la douleur de
voir sa fierté humiliée le reduisit bien-
tôt à l'extrémité. Sept ou huit jours a-
prés un autre Gascon, assez mal en ordre, étant allé à cette honorable Auberge demander Monsieur de Castelno-
ve (c'est le nom qu'il donna au premier) & ayant appris où il étoit : Ca-
dedis ! s'écria-t-il, un homme de cette
qualité à l'Hôtel-Dieu ! Quand vous
luy auriez fourni pour cinq cens Pistoles de Vitüailles, moy qui vous parle,
moy, j'en aurois bien été Caution. Au-

fortir de là il courut chercher Monfieur
de Caftelnove ; & aprés l'avoir appellé
de lit en lit, l'ayant à la fin trouvé
prefque Agonifant : Hé-doncques, mon
cher Enfant, luy dit-il, en quel état je
te trouve ! Courage, mon Ami, Courage. Pour du Courage, luy répondit-il,
les Gens de nôtre Païs n'en manquent
pas. Eh ! qui le fçait mieux que moy ?
luy dit celuy qui le vifitoit. Au refte,
mon cher Enfant, ajouta-t-il, tu veux
bien que je te demande fi tu es bien
avec Dieu ? *Apparammant*, luy repliqua
Monfieur de Caftelnove, *je ne dois pas
y être mal, puifqu'il me donne un Ap-
partement dans fon Hôtel.* Peut-on pouf-
fer le Gafconifme plus loin ?

J'ay oüi dire à un homme d'une Qualité diftinguée, & d'un Mérite encore
plus diftingué, que le même Prince de
CONDE' que j'ay cité il n'y a pas long-
tems, & qui étoit Gouverneur de Berry,
avoit tant d'eftime pour Monfieur le Ca-
mus, Evêque du Bellay, qu'il l'auroit fait
Archevêque de Bourges, s'il n'eût craint
de fe faire autant d'Ennemis qu'il y
avoit de Moines au Monde. Il eft vray
que jamais homme n'a été plus Anti-

Moine que Monfieur du Bellay. Il n'a
dit du bien uniquement que des Théa-
tins ; & l'on ne fçait pourquoy. Il ful-
mine contre tous les autres : infpire de
la deffiance d'eux : avertit d'être en garde contre leurs révérences intereffées ;
& dit entr'autre chofe : *Que les Moines reffemblent à des Cruches , qui ne
fe baiffent que pour s'emplir.*

Deux Huiffiers nouvellement receus,
& qui n'avoient encore guéres fait de
Procez Verbaux , furent chargez d'une
Contrainte contre une Communauté,
pour le Recouvrement d'un refte de
Taille qui étoit deu , depuis fept ou
huit ans. Le malheur de la Guerre , la
Stérilité de la Récolte , & la nouvelle
Taille qu'il faloit payer avoient fait oublier aux habitans cette vieille dette.
Ces Huiffiers les en firent fouvenir , &
faute de payement fe mirent en devoir
d'executer les Meubles des Redevables :
mais ils trouverent à qui parler ; & ne
demandoient pas mieux. Cinq ou fix
bonnes Rébellions font un Huiffier haut
& puiffant Seigneur : & quand Dieu le
favorife affez pour luy procurer des
coups de bâton d'une main opulente ,

il regarde cela comme un Pérou. Les deux qu'on avoit mis en befogne eurent pleine fatisfaction, & furent battus de la maniére du monde la plus complette. Ils ne manquérent pas d'en dreffer un grand Procez Verbal, & d'exagérer les Exceds commis contre des Membres de la Juftice. *Lefquels affaffins, (difoient ils) en nous outrageant & excédant prenoient Dieu depuis la tefte jufqu'aux pieds ; & proferoient tous les blafphémes imaginables contre ledit Dieu : foûtenant que nous étions des Coquins, des Fripons, des Selerats & des Voleurs ; ce que nous affirmons véritable. En foy de quoy, &c.* Un Confeiller de la Cour des Aides, plus recommandable par fon Efprit que par cette Dignité, m'a dit, qu'il avoit eu ce Procez Verbal entre les mains ; & que les Huiffiers avoient été Admoneftez pour leur ignorance.

L'Avocat d'une Veuve, qui avoit un Procez de Famille qui duroit depuis quatre-vingt ans, dit un jour en plaidant devant le Premier Préfident de Verdun : Meffieurs, les Parties Averfes qui joïiffent injuftement du Bien de vos Pupilles, prétendent que la longueur de leur oppreſſion eſt pour eux un titre légitime ; & que nous ayant accoûtumez à nôtre miſére ils ſont en droit de nous la faire toûjours ſouffrir. Il y a prés d'un Siécle que nous avons intenté Action contre eux : & vous n'en douterez point quand je vous auray fait voir par des Certificats inconteſtables que mon Ayeul, mon Pere & moy nous ſommes morts à la pourſuite de ce Procez. *Avocat*, luy dit le Premier Préſident, *Dieu vueille avoir vôtre Ame* ; & fit appeller une autre Cauſe.

Je me ſuis bien des fois étonné de ce que vous autres Noſſeigneurs les Prelats, vous ſouffrez que les Juges des Officialitez ſoient des Prêtres ; ou de ce qu'on n'y plaide pas à huis clos, à cauſe des naïvetez qu'il y faut entendre, qui dégénérent preſque toutes en obcénitez. Je n'ay jamais eu la curioſité d'y aller ; mais j'en ay oüy parler par tant de perſonnes différentes, & tout ce qu'on m'en a dit m'a paru ſi libre, qu'aparemment c'eſt un Tribunal d'où l'on a exilé la Pudeur. Je n'en veux point d'autre témoignage que la

matiere

matiere qui a donné lieu à ces Vers.

Dans une Officialité
Ces jours paffez une Soubrette
Paffablement belle & bien faite,
Et d'une robufte Santé ;
Avec la Bienféance ayant fait plein divorce
Dit qu'un vieux Médecin l'avoit prife par force,
Qu'il faloit ou le pendre, ou qu'il fuft fon Mary ;
Et comment, dit le Juge, a-t-il pû vous y
prendre ?
Vous êtes vigoureufe, il faloit vous deffen-
dre ;
L'avoir égratigné, dévifagé, meurtry :
J'ay, Monfieur, luy répondit-elle,
De la force quand je querelle ;
Mais je n'en ay point quand je ry.

❦

Cette Fille n'avoit-elle pas été bien
prife par force, puis qu'elle rioit ?
Les Efpagnols qui ont fi fouvent une
ridicule fierté, en ont quelquefois une
fi noble qu'elle mérite d'être appellée
Générofité & magnificence. Le Roy
S

Charles, qui Régne aujourd'huy, étant fort jeune, & faisant à pied des Stations du Jubilé, trouva un pauvre homme sur son passage, à qui il jetta une Croix de Diamans qu'il avoit devant luy, sans que personne s'en apperceût. Quand il fut à l'Eglise ses Courtisans ayant pris garde qu'il n'avoit plus sa Croix, dirent qu'on avoit volé le Roy. Le Pauvre qui s'étoit douté du bruit que cette Action feroit, ayant suivi, dit à l'instant : voila la Croix du Roy, mais je ne l'ay point volée : c'est Sa Majesté, à qui j'ay demandé l'Aumône, qui me l'a donnée. On demanda au Roy s'il étoit vray ? Oüy, répondit-il : je n'avois point d'Argent pour donner à ce pauvre homme ; & sa misére m'a fait pitié. On ne jugea pas à propos de laisser au Pauvre cette Croix, qui étoit des Pierreries de la Couronne : mais il fut délibéré dans le Conseil que de quelque maniere qu'un Roy fist des Dons ils devoient être sacrez : de sorte que la Croix ayant été estimé Douze Mille Ecus, on donna Douze Mille Ecus au Pauvre. Quoique l'Action du Roy soit belle, & qu'elle marque un Prince bienfaisant, la grandeur des sentimens de son Conseil mérite de plus dignes Loüanges ; & l'on void peu d'Histoires où les Ministres des Rois ayent rien fait de plus glorieux.

Voicy encore un exemple de fierté Espagnole à qui je croy que le nom de belle hardiesse convient mieux. Un Ambassadeur d'Espagne en France, soûtenoit les interests de son Maître contre Henri IV. & les soûtenoit en homme digne du Caractére qu'il avoit. Henri IV. incomparablement plus grand Roy que Philippes III. le traitoit avec hauteur : ce que l'Ambassadeur ne pouvoit souffrir. Enfin, dans la chaleur de la dispute, Henri IV. dit : *Ventre saint gris,* qui étoit sa manière de jurer, *si le Roy d'Espagne me fâche je l'iray relancer jusques dans Madrid ;* Sire, luy répondit gravement l'Ambassadeur : *Vous ne seriez pas le premier Roy de France qui y auroit été.* Henri IV. piqué, mais qui n'en témoigna rien, parce qu'il s'étoit attiré cette réponse, luy dit sur un ton moins sérieux ; *Monsieur l'Ambassadeur, vous êtes Espagnol & moy Gascon : si nous nous mettions sur la*

Rodomontade la chofe ira loin. Il mE
femble que la fierté de l'Ambaffadeur
n'étoit point blâmable ; & qu'il étoit o-
bligé de foûtenir les interêts qui luy é-
roient confiez : mais l'adreffe d'Henri
IV. à fe tirer du mauvais pas où il s'é-
toit mis eft un endroit auffi délicate-
ment tourné qu'on en puiffe voir ; &
digne de luy, c'eft tout dire.

L'Hiver paffé un Moine qui préchoit
l'Avent dans une des petites Paroiffes
qui font autour du Palais, & qui étoit
ravy quand il trouvoit une occafion de
faire des exagérations outrées ; difoit
un jour en parlant contre l'impureté :
Autant de coups de Pinceau qu'un Peintre en donne à une Nudité, autant de
péchez mortels : autant de coups de
Cifeau qu'il en faut pour conftruire
une Statuë impure, autant de péchez
mortels : autant de Syllabes qu'un Poëte en fait entrer dans un Vers licen-
cieux, autant de péchez mortels. Je ne
fçay s'il y avoit des Peintres & des
Sculpteurs à ce Sermon : mais apparemment il y avoit quelque Poëte. Le
lendemain dans le tems que le Prédicateur montoit en Chaire on luy don-

ha un papier plié : & croyant que c'é-
toit quelque pauvre Famille à recommander aux charitez de son Auditoire,
ou quelque Devotion à annoncer, d'a-
bord qu'il eut achevé l'*Ave Maria*,
il l'ouvrit. Comme il sçavoit le stile ,
Messieurs, dit-il par avance, vous êtes
avertis que..... que :.... il ne voulut
pas dire le reste , & fit bien. Au lieu
de ce qu'il croyoit trouver dans ce papier il y avoit ces quatre petits Vers.

Mon Pere , vous êtes sçavant ,
Mais vous ne preschez pas de même ;
Nous nous contentons de l'Avent ;
Ne revenez pas le Carême.

Je vais , Monseigneur , vous dire une
bagatelle que vous trouverez sans doute indigne de vous : mais ce qui ne
vous accommodera pas fera, peut-être,
plaisir à d'autres ; & de petits Prêtres
feroient souvent grand'-chére de ce que
leur Evêque ne trouve pas bon. Nous
fusmes il y a six semaines , trois de mes

Amis & moy à Chantilly, où nous vî-
mes les plus belles Eaux du Monde; &
qui vont (comme a dit une fois le Roy,
qui parle toûjours si juste) aussi bien
pour le Jardinier que pour le Maître.
De là nous allâmes à Senlis, où le Re-
ceveur des Fermes du Roy nous avoit
conviez à dîner. Pendant que nous dî-
nions il y vint dans son Bureau de ces
Gens qu'on appelle Saltinbanques &
Danseurs de Corde, qui avoient avec
eux deux Singes qui faisoient des choses si surprenantes que pendant une de-
mi-heure nous eûmes un Divertissement
aussi agréable qu'on en puisse avoir,
sans qu'il en coutât rien à personne.
J'appris même une chose que je ne
sçavois pas. Par toutes les Villes où il
y a des endroits établis pour recevoir
les Droits du Roy, cette sorte de Gens
qui vont de Foire en Foire, & qui ont
l'art de donner, si j'ose me servir de
ce terme, de l'éducation aux Singes,
sont obligez, sur peine de confiscation
d'aller faire leur soûmission au Bureau,
& de demander un Passepott, que le
Commis leur donne *gratis* : en reconnoissance de quoy le Maître des Singes

est venu de les faire sauter & danser devant les Commis ; & c'est de là qu'est venu ce Proverbe : *payer en Monnoye de Singe, en Gambades.* Bien des Gens ont mis ce Proverbe en œuvre, & moy peut-être plus souvent qu'un autre, sans en sçavoir l'origine.

Si je ne craignois d'allarmer Vôtre Grandeur par la bonté dont je sçay qu'elle m'honore, je luy dirois que dernierement je fus volé : croiriez-vous, Monseigneur, que je fusse un homme volable ? Jeudy dernier au sortir d'une Signature de Contrat de Mariage, qui fut suivie d'un magnifique Repas m'en retournant tout seul entre minuit & une heure, un homme tout seul aussi, sort du coin d'un Pavillon du Collége des quatre Nations, me presente un Pistolet bandé vis-à-vis le cœur, & me demande la bourse. Quoi-que surpris d'un compliment à quoy je ne m'attendois pas, je ne perdis point la tramontane, & je luy dis mon Nom le plus vîte que je pûs, pour luy faire connoître que je ne pouvois gueres avoir d'argent. Je tiray deux Ecus, & luy dis que c'étoit tout ce que j'avois, & que s'il me trou-

voit davantage je confentois qu'il me
donnât de fon Piftolet dans la tête. Je
ne fçay s'il me connoiffoit, ou s'il fut
touché de ma bonne foy; mais me fer-
rant la main avec une efpece de rage:
Mort bien, me dit-il, *je n'en veux
qu'un : il y a trois jours que je n'ay man-
gé* : & s'en alla. Je vous jure, Monfeigneur, que je fus fi pénétré de ce qu'il
me dit, que fi j'avois crû qu'il eût voulu fe fier à moy je l'aurois appellé, &
l'aurois mené manger l'Ecu qu'il m'avoit
laiffé. Ce n'étoit point un Voleur que
cet homme-là ; c'étoit un Malheureux,
né quelque chofe, qui dans fon befoin
ne pouvant s'abbaiffer jufqu'à demander l'Aumône, avoit été forcé par le
defefpoir & par la faim à l'indigne A-
ction qu'il venoit de faire. Cependant
fi le Guet que je trouvay à vingt pas de
là, l'eut furpris, *in flagranti delitto*,
c'étoit un homme perdu : tant il eft vray
que le Gibet eft plus pour les malheureux que pour les coupables. Quelques
réfléxions fur ce qui m'étoit arrivé, &
fur les dangers où l'on eft expofé par
la Mifére, me firent le lendemain faire cette Fable.

L'ARAIGNE'E

L'ARAIGNE'E, LA MOUCHE ET LE MOINEAU.

FABLE.

AU tems jadis une Araignée affreuse ;
Pour attraper des Insectes volans ,
Fit une Toile à replis tortillans ,
    Où la Mouche malheureuse
    Passoit assez mal le tems.
Mais un Moineau robuste , & dont le moindre
  crime
Etoit de violer & sa Mére & ses Sœurs ;
    Enfin , un Sélératissime
    Soüillé des plus noires horreurs ;
    Loin d'apprehender ce piége
Passe au travers , le brise , & l'emporte avec luy ;
    Que de Moineaux aujourd'huy
    Ont le même Privilége !
Tel qui dans le besoin n'a volé qu'un Ecu
    Sert d'exemple à toute une Ville ;
Et l'on vit en repos quand on est convaincu ;
    D'en avoir volé Cent Mille.

T

L'Amour de la Vie fait bien faire &
bien dire des chofes inutiles ; & fouvent même indignes de ceux qui les
font ou qui les difent. Au Dîné d'un
Prince, fameux par beaucoup de grandes Actions, & qui commençoit à être
fur le penchant de l'âge, quelqu'un
ayant agité cette queftion : *fi une Mort
glorieufe étoit préférable à une Vie pé-
nible & languiffante*, les fentimens furent partagez. Les uns furent pour la
Mort glorieufe, & les autres pour la
Vie, de quelques traverfes qu'elle fuft
accompagnée. Le Prince fut un de ceux
qui fe déclarerent pour la Vie ; jufqu'à
dire qu'il fouhaiteroit d'être pendu à
cent Ans : ce qui, à mon fens, n'eft
pas une belle chofe à un Prince de fouhaiter d'être pendu, à quelque âge que
ce foit. Un Gentilhomme, au moins
auffi vieux que luy, qui avoit l'honneur
d'être à fa Table, ayant pris la liberté
de luy demander s'il penfoit bien à ce
qu'il difoit : *Je vous l'ay dit, & je vous
le repete*, répondit le Prince ; *je fouhaiterois être pendu à cent Ans. Et moy,
Monfeigneur*, répliqua le Gentilhomme, *je fouhaiterois y être pour chanter*

le Salve. Il avoit raison : il auroit eu
le plaisir de vivre aussi long-tems ; &
n'auroit pas eu la honte d'être pendu.

Quelqu'un ayant dit à Monsieur de
Montal que les Ennemis qu'il alloit
chercher, étoient Supérieurs en nombre : *Allons*, dit-il, *allons ; nous les com-
pterons quand nous les aurons défaits.*

Le même Monsieur de Montal étant
allé la semaine passée voir Monsieur
l'Archevêque, il le trouva qui reconduisoit un homme de Qualité, qui le
pria de ne pas passer outre, & luy mit
Monsieur de Montal entre les mains.
Monsieur l'Archevêque qui parle avec
la délicatesse que tout le Monde sçait,
dit à celuy qu'il reconduisoit : *il est vray,
Monsieur, que voicy un homme qui arrête également Amis & Ennemis.* Que
de politesse & de presence d'esprit !

Une de plus belles Femmes de la Cour,
qui n'avoit point d'Enfans, & qui ne
croyoit pas que ce fust sa faute, ayant
un jour un beau Diamant au doigt : *Voila*, luy dit son Mary, *un Diamant mer-
veilleux, mais fort mal mis en œuvre.
Il n'est pas tout seul*, répondit-elle.

Monsieur * * * l'un des plus riches

Fermiers Generaux, quoi-qu'il ne soit pas des plus habiles, avoit à son Carosse deux Chevaux pommelez les plus égaux & les mieux choisis que l'on pût voir. Par malheur il y en eut un qui mourut de gras fondu. Il commanda à son Cocher d'aller chez tous les Maquignons de Paris, & de luy en trouver un semblable, à quelque prix que ce fust. Le Cocher de retour : hé bien, luy dit son Maître, aussi-tôt qu'il l'apperceut, as-tu fait quelque chose ? *Oüy Monsieur*, luy répondit le Cocher ; *j'ay trouvé vôtre pareil.*

Vôtre Grandeur me demande tant de Remarques qu'à force de vouloir luy o-béïr, il ne me reste plus de place pour l'assurer que je suis à mon ordinaire, c'est à dire avec tout le respect possible,

MONSEIGNEUR,

De Vôtre Grandeur,

Trés-humble & trés-obeïssant serviteur,

A MONSIEUR TALLEMANT,

Maître des Requêtes : qui méritoit d'être beaucoup plus.

MONSIEUR,

Un de mes Amis, pourvû d'une Charge dont on ne luy laisse pas la joüissance, est obligé d'implorer la justice du Conseil pour être maintenu dans les droits qui luy sont attribuez. Comme je sçay qu'il n'y a personne au monde qui soûtienne le parti de l'Equité avec plus d'ardeur que vous ; je n'hésite point à vous adresser un homme qui a besoin d'un Juge dont on ne puisse corrompre l'Intégrité. Je ne vous suplie, Monsieur, d'en vouloir être

T iij

l'Appuy que dans la certitude où je suis qu'il ne vous demandera rien que de juste ; & si je prens la liberté de vous écrire en sa faveur, c'est pour obtenir de vous la grace de vous en convaincre vous même, & de voir par vos propres yeux les piéces qui décident de la bonté de sa Cause. Je n'ay point voulu emprunter le secours de Monsieur le Duc de Saint Aignan auprés de vous, parce que je ne l'y ay pas crû nécessaire : si ma priére est équitable je suis sûr que vous m'en accorderez l'effet sans sollicitation ; & si elle ne l'est pas je consens que vous ne m'accordiez rien. En un mot, Monsieur, je ne vous demande que Justice ; & sur tout celle de me croire avec beaucoup de respect,

MONSIEUR,

Le tres-humble & tres-obéïssant serviteur.

A L'UN DES MEILLEURS
Amis de l'Auteur.

HE' bien, Monſieur, la volonté du Seigneur ſoit faite. Il veut ſans doute me punir de quelque Péché dont je n'ay pas fait une valable pénitence, puis qu'il ne luy plaît pas que j'aye l'honneur de vous voir ſi tôt que je le ſouhaiterois ; & peu s'en faut que je ne m'écrie comme feu David, *neque in ira tua corripias me.* Je me vois à la veille d'être châtié auſſi rigoureuſement que luy, quoi-que ma conſcience ne me reproche rien de ſemblable à ce que Nathan luy fut conter lors qu'il y penſoit le moins : & il n'y a qu'un Fléau à dire que je n'en aye autant devant les yeux que ſi j'avois fait tuer Urie pour baiſer ſa Femme plus à mon aiſe. La Guerre eſt ſi prés de nous, que les Ennemis n'ont qu'une Bataille à gagner pour venir boire tout le vin nou-

T iiij

veau de Champagne ; & fi vous me laif-
fez encore long-tems icy, j'ay bien peur
que la Famine ne m'y furprenne. N'é-
toit', Monfieur, que vous m'honorez de
vôtre Amitié, qui eft un bien qui ba-
lance tous les maux que je puis avoir,
je ne demeurerois pas fi long-tems dans
l'équilibre, & le chagrin me feroit bien-
tôt pencher de fon côté ; mais tant que
vous m'aimerez comme vous faites, la
Fortune peut aller fon train ordinaire ;
& fi elle croit me faire enrager, elle
eft prife pour dupe. Ce qu'elle vient
de faire à la Dupin eft un des plus méchans tours qu'elle me pût joüer. Il faut
de néceffité que les Juges qui luy ont
fait perdre fon Procez ne luy ayent jamais vû repréfenter la Comédie ; ou
que ce foient de vieux Sénateurs inca-
pables d'être touchez, qui l'ont punie
de ce qu'elle fçait fi bien toucher les
autres. Obligez-moy de luy dire que
Germanicus eft appellant de ce Jugement ; & que tout ce qu'il y a d'honnêtes Gens à Paris luy aideront à fournir des Griefs. Quelques bons offices
que vous puiffiez me rendre auprés d'elle, je fuis fûr que vous ne réparerez

Jamais le tort que vous m'y avez fait ; & cependant, Monsieur, je n'en suis pas avec moins de passion, Vôtre trés-humble & trés-obéïssant serviteur.

A MONSIEUR P. *****

Où l'on void combien la Femme de l'Auteur est à plaindre.

MOn malheureux Rhûme est beaucoup plus grand qu'il ne l'étoit quand j'eus l'honneur & le chagrin tout ensemble de prendre congé de vous : & le pis que j'y trouve ce n'est pas ce que vous pensez qui l'a augmenté. J'en impute plus de la moitié à la fracassante Voiture dont je fus obligé de me servir : & tout le reste à un espéce d'hiver qui a duré tant que j'ay été sur le chemin, & contre lequel je n'avois point pris de précaution, ne croyant pas que je dûsse être surpris par le froid dans un tems où je m'imaginois n'avoir que la Canicule à craindre. Ajoutez à tout cela, Monsieur, que j'étois accoutumé à boire d'un Vin que l'on ne rencon-

tre ni sur la Route que j'ay tenuë, ni sur
aucune autre que l'on puisse tenir : &
vous trouverez sans doute que voila
assez de maux pour donner la mort à
un plus honnête homme que moy, sans
que sa Femme doive être soupçonnée
d'en être complice. Je dois cette ju-
stification à la mienne, afin que s'il
vient faute de moy vous luy fassiez la
grace de la plaindre, d'avoir passé ses
plus beaux ans, ou sans Mary ou avec
un qui n'en ose faire les fonctions pendant son Rhûme ; & qui, par malheur
pour elle, est enrhûmé plus de dix mois
de l'année. Ne me faites pas l'injustice de croire que je fasse le malade pour
avoir une excuse non seulement envers
ma Femme, mais encore envers ceux
à qui j'ay promis Esope. Je me suis
contraint jusqu'à vous quiter pour mettre un obstacle au penchant qui m'en-
traîne naturellement vers vous : & si
après un si grand sacrifice j'étois capable de perdre le tems que je dérobe
aux charmes de vos conversations, je
vous avoüe que loin de chercher des
prétextes pour me faire pardonner ma
négligence, je ne me la pardonnerois

pas moy-même. Cependant, je n'ay encore rien fait : mais je commence aujourd'huy à invoquer les Muses ; & demain je me mettray en train si elles veullent m'être favorables. Durant que je seray icy abîmé dans le travail, & que je me proméneray dans les endroits les moins fréquentez, de peur qu'on ne voye les contorsions que je fais quand je suis dans la fureur de l'entousiasme, ayez la bonté, si vous n'avez rien de meilleur à faire, de vous souvenir quelquefois de moy ; & faites, s'il se peut, que Monsieur le Duc de Saint Aignan s'en souvienne quelquefois aussi. Tâchez même à me justifier auprés de Madame la Marquise de Montloüet, de ce que je n'eus pas l'honneur de luy dire adieu. Ses Gens sont témoins que je n'ay rien à me reprocher là-dessus. Elle eut la dureté de ne pas vouloir s'éveiller à dix heures sonnées : plus je m'obstinay à attendre, plus elle s'obstina à dormir ; & dans la crainte où j'étois que le Carosse ne partît sans moy, je puis dire que le repos d'autruy ne m'a jamais causé tant d'inquiétude. Je vous conjure, Monsieur, de me rendre blanc comme nei-

ge dans son esprit ; j'aurois un regret
sensible d'être mal avec une personne
qui est si bien auprés de Dieu ; & j'im-
puterois tous les malheurs qui pourroient
m'arriver à celuy que j'eus de ne pas
prendre congé d'elle. Je n'ay plus qu'u-
ne grace à vous demander : c'est d'être
persuadé que j'ay le cœur au bout de
ma plume quand je vous proteste que
je suis, Vôtre trés-humble & tres-obëis-
sant serviteur,

A MONSEIGNEUR
LE MARQUIS
DE SEIGNELAY,

Secretaire & Ministre d'Etat,
à qui l'Auteur vouloit prolon-
ger la Vie.

MONSEIGNEUR,

J'ay appris, avec beaucoup de douleur, l'état où vous êtes ; & je n'ignore pas ce que la France perdroit si mal-
heureusement, il venoit faute d'un aussi honnête Homme que vous. Je croirois luy rendre un service bien considérable, si j'étois assez heureux pour contribuer à luy conserver un Ministre si
utile : & je vous proteste, Monseigneur,
que je n'ay jamais rien fait avec tant

d'inclination & tant de zéle. Je ne suis
ni Médecin ni rien d'approchant : mais
j'ay été plus mal que vous ne l'êtes,
de la même maladie que vous avez ;
& sans un Boüillon que l'on enseigna à
ma Femme , il n'y avoit aucun espoir
pour ma Vie. J'en pris soir & matin
pendant quinze jours , & dés le quatriéme Boüillon je sentis le bien qu'il
me faisoit ; de sorte qu'au bout de quinze jours je me trouvay la Poitrine en-
tierement rétablie. Elle l'a donné à
beaucoup de Monde atteint du même
mal , & jamais il n'a manqué de faire
le même effet. Je souhaite , Monseigneur, qu'il opére plus favorablement
pour vous qu'il n'a encore fait pour personne ; & qu'il vous fasse recouvrer la
santé que vous avez perduë , & que j'a-
chetterois de la mienne propre. Ne perdez point de tems à vous servir d'un
reméde qui vous peut faire beaucoup
de bien , & qui ne peut jamais vous
faire de mal : & n'attendez pas à le
prendre que la foiblesse où vous serez
vous le rende inutile. Je vous parle,
Monseigneur, en homme qui a une re-
spectueuse inclination pour vôtre Mé-

rite, & qui se reprocheroit toute sa vie
d'avoir pû contribuer à la conservation
de la vôtre, & de ne l'avoir pas fait.
Vingt expériences me promettent que
mon zéle aura un succez heureux : & je
vous supplie, par l'interêt de vôtre santé, & par la consideration d'une Famille à qui elle est si précieuse de le vouloir mettre à l'épreuve. Quelque tems
qu'il fasse, & à quelque heure que ce
puisse être, vos ordres me seront toûjours sacrez : sans autre vûë que de vous
témoigner avec combien d'empressement & de respect je suis,

MONSEIGNEUR,

Vôtre trés-humble & trés-obeïssant serviteur.

A MONSEIGNEUR
LE DUC DE S. AIGNAN.

MONSEIGNEUR,

Je n'ay point voulu me broüiller avec vôtre Modestie : elle m'a prescrit des Régles que par respect je n'ay osé violer ; & quoy qu'il n'y ait personne en France à qui l'on puisse donner des loüanges plus légitimes qu'à vous, j'ay mieux aimé contraindre mon inclination que de m'éloigner de la vôtre. Le refus que vous faites d'être loüé est une Vertu qui vous rend plus digne de l'être ; & je ne sçay que vous, Monseigneur, qui puisse se faire un nouveau Mérite en refusant ce qu'on a si bien mérité. Vous connoîtrez facilement par l'Epître que je prens la liberté de vous

V

envoyer , que jamais vous n'avez été
mieux obéï ; & j'efpére que vous me
tiendrez compte de la violence que je
me fuis faite de donner des bornes à
ma reconnoiffance, vû que pour m'o-
bliger vous n'en avez point donné à
vos bontez. Je vous fuplie , Monfeigneur , de corriger tout ce qui ne vous
y plaira pas, & de me faire la grace de
me la renvoyer enfuite , pour la mettre
au devant de MARIE STUARD que
j'ay fait écrire le plus correctement que
j'ay pû, & que j'auray l'honneur de vous
préfenter le plûtôt qu'il me fera poffible. Je n'ay que cette voye pour vous
remercier de tout ce que vous avez fait
pour moy ; & pour vous protefter que
je feray toute ma vie, avec un zéle fincére & un refpect inviolable ,

MONSEIGNEUR

Vôtre trés-humble & trés-
obeïffant ferviteur.

AU RE'VE'REND PE'RE
BELLANGER,
de la Compagnie de JESUS.

IL doit m'être bien honteux, mon Révérend Pére, de vous avoir tant d'obligation, & d'avoir attendu si tard à vous témoigner combien j'y suis sensible. Des affaires, des maladies, & je ne sçay combien de conjonctures qui succédent l'une à l'autre, me laissent si peu de loisir, que je suis obligé de quiter un devoir pour un autre devoir; & souvent même je suis contraint de manquer à celuy qui me seroit le plus agréable. Jugez-en, s'il vous plaît, mon Révérend Pére, par le plaisir que je me serois fait de m'en acquiter auprés de vous, & de vous marquer combien je vous suis redevable des bontez que vous avez pour mon Fils, & des soins que vous prenez pour tâcher d'en fai-

re un honnête homme. Pour peu qu'il
ait d'inclination à le devenir, il est presque impossible qu'il n'y réüssisse par l'a-
vantage qu'il a, non seulement de recevoir vos Leçons, mais encore de pouvoir profiter de vos Exemples. Je souhaite de tout mon cœur, qu'il réponde
à toutes les graces que vous luy faites;
& qu'il travaille à se rendre d'autant
plus habile, qu'il n'y aura point d'excuse pour luy quand on sçaura qu'il a
eu l'honneur d'étudier soûs vous. Parmi les méchantes qualitez qu'il peut
avoir, je suis seur au moins qu'il en a
une fort bonne : c'est mon Révérend
Pére, qu'il connoît ce que vous faites
pour luy ; & qu'il me parle de vous
avec une effusion de cœur pleine de
tendresse, de respect, & de reconnoissance. Je sçay bien qu'il n'en peut trop
avoir ; & que l'excez, qui est presque
toûjours un Vice, devient en de pareilles occasions une Vertu. Je n'ose dire
que ce soient des sentimens que je luy
aye inspirez : il est mal-aisé de vous
connoître, & de ne les pas avoir ; mais
quelque redevable qu'il vous puisse être,
je n'hésite point à vous assûrer qu'il

ne fera jamais avec plus d'estime & de reconnoissance que moy , mon Révérend Pére, Vôtre trés-humble, &c.

A MONSEIGNEUR

LE DUC D'AUMONT,

Premier Gentilhomme de la Chambre du Roy.

Sur une difficulté que faisoient les Comédiens.

Monseigneur,

A la veille de représenter une Piéce de Théatre que j'ay faite pour le divertissement de la Cour & du Public, les Comédiens font difficulté de dire une Fable reçûë & applaudie de toute l'Antiquité, & qu'autrefois Agripa-Menénius dit si à propos au Peuple Romain qu'il l'obligea à se reconcilier avec les Nobles. C'est, Monseigneur, la Fable de l'Estomach & des Membres,

où Esope a prétendu faire voir la soûmission que les Sujets doivent avoir pour
le Souverain, & l'indispensable necessité où ils sont de le secourir pour ne pas
se faire tort à eux-mêmes. La Matiére
paroît si délicate à ces Messieurs qu'ils
n'osent s'exposer à la mettre au jour sans
permission : & comme vôtre Qualité
vous donne sur eux tout le pouvoir que
vous y voulez prendre, & que vous sçavez mieux que personne ce qui est permis & ce qui est défendu, je me fais
un devoir & un honneur de vous envoyer la Scene dont il s'agit, & de la
soûmettre à ce qu'il vous plaira d'en ordonner quand vous l'aurez vûë. Je croy,
Monseigneur, que vous me rendrez assez de justice pour voir que mon unique but a été d'insinuer agréablement
dans les cœurs les efforts que de bons
Sujets sont obligez de faire pour contribuer au succez des desseins du plus
grand Roy que la France ait eu : & peut-
être que la voye que j'ay prise de faire
entrevoir la Verité au travers des Fables,
n'est pas celle qui persuade le moins.
Voicy mot pour mot la Scene que les
Comédiens craignent de representer.

SCENE CINQUIE'ME
du second Acte de la Comédie d'ESOPE.

ESOPE ET DEUX VIEILLARDS.

LE PREMIER VEILLARD.

Monseigneur . . . . .

ESOPE.

Tout d'abord j'interromps cette phrase.
Le mot de Monseigneur traîne un peu trop
d'emphase.
Pour Gens faits comme moy je l'abroge.

LE SECOND VIEILLARD.

Monsieur ,
Nôtre Ville demande un nouveau Gouverneur,

ESOPE.

Hé , la raison ?

LE SECOND VIEILLARD.

Le nôtre est devenu trop Riche.
On ne peut tant gagner à moins que l'on ne
triche.
Quand il vint s'installer dans son Gouvernement

Il avoit pour tout train un Laquais feulement,
Et pour toute montûre une méchante Roffe :
Maintenant fix Chevaux font roûler fon Caroffe.
Il ferre le bouton quand on s'adreffe à luy . . . . .

ESOPE.

Paffons. Tous fes pareils font de même aujourd'huy.
Menace-t-il ? Bat-il, fans relâche ni trêve ?

LE PREMIER VIEILLARD.

Non, Monfieur, mais . . . . .

ESOPE.

Quoy, mais ?

LE PREMIER VIEILLARD.
Il eft fi gras qu'il crêve.
A s'engraiffer encor il applique fes foins.

ESOPE.

Un autre qui viendra s'engraiffera-t-il moins ?
Pour courir à la Proye il fera plus alaigre.
Rien n'incommode tant qu'un nouveau Seigneur
maigre :
A chaque heure du jour vous l'avez fur les
bras :
Il le faut engraiffer, & le vôtre eft tout gras ;
Et c'eft pour le Public une chofe moins aigre

X

D'entretenir un Gras que d'engraisser un Maigre:
Qu'avez-vous à répondre à cela ?

LE SECOND VIEILLARD.

Nous, Monsieur ?

Que nous ne voulons plus de nouveau Gouverneur.

Fût-il encor plus gras nous garderons le nôtre.

LE PREMIER VIEILLARD.

Monsieur, à cette grace ajoutez-en une autre.
Le Peuple, pour son Prince, est tout zele, tout
    feu :
Obtenez de Crésus qu'il le soulage un peu.
Si sa main ne l'appuye il faudra qu'il succombe :
Dés qu'il s'offre un fardeau c'est sur luy seul
    qu'il tombe :
Auprés d'un si grand Roy prenez nos interêts.

ESOPE.

Voicy, pour vous répondre, un Apologue exprés.

L'ESTOMACH ET LES MEMBRES.

FABLE.

Les Membres, tentez par le Diable,

Refuſérent jadis de nourir l'Eſtomach :

C'eſt, diſoient-ils entr'eux, un importun Biſ-
    ſac,

Un Abîme ſans fond, un Gouffre inſatiable ;

    Qu'il travaille, s'il veut manger.

Chacun à ſon devoir ne veut plus ſe ranger :

Les Pieds ceſſent d'aller, les Mains ceſſent de
    prendre ;

Et lors que l'Eſtomach voulut les avertir

Qu'ils ſe repentiroient de le laiſſer pâtir,

    Aucun d'eux ne voulut l'entendre.

    Pendant que l'on s'applaudiſſoit

    D'avoir fait un ſi beau divorce,

    Plus l'Eſtomach s'affoibliſſoit

    Moins les Membres avoient de force.

Enfin, quand de gronder les Membres furent
    las

    Voulant prendre un air moins farouche,

    Les pieds ne pûrent faire un pas,

Ni les débiles Mains aller juſqu'à la Bouche :

Et manque de ſecours l'Eſtomach rétrecy

Eſtant mort, par leur faute, ils moururent auſſi.

⁂

A peſer comme il faut, le ſens de cette Fable

X ij

De bonne foy, la plainte est-elle raisonnable ?

En donnant de vos biens une légère part

Le reste en sûreté ne court aucun hazard :

Vous joüissez sans peur de vos fertiles Terres ;

Elles sont à l'abry du ravage des Guerres ;

Et sans les Feux de joye & les heureux succez

On croiroit cet Etat dans une pleine Paix.

La Guerre en quatre jours au pied de vos Murailles

Feroit plus de dégât que cinquante ans de Tailles;

Et de vôtre bonheur vos Ennemis jaloux

S'ils ne l'avoient chez eux , l'apporteroient chez vous.

A redoubler vos soins ces raisons vous invitent :

Plus l'Estomach est bon plus les Membres profitent :

Quand il a de la force ils sont forts ; agissans ;

Et quand il est débile ils sont tous languissans.

C'est une verité qu'on ne peut mettre en doute.

LE SECOND VIEILLARD.

Monsieur, on est charmé pour peu qu'on vous écoute , &c.

Je ne sçay si j'en juge par l'intention que j'ay euë ; mais il me semble qu'il n'y a rien là dont on puisse équitablement se plaindre : & qu'au contraire dans la situation où sont les choses mon zele doit plus trouver d'Approbateurs que de Critiques. Cependant, je ne veux point m'en rapporter à moy, qui puis me tromper ; mais à vous, Monseigneur, qui ne vous trompez jamais, & qui avez assez de bonté pour me marquer la route que je dois tenir. Vous verrez par ma soûmission à vos Ordres avec combien de zele & de respect j'ay l'honneur d'être,

MONSEIGNEUR,

Vôtre trés-humble & trés obeïssant serviteur.

De Paris ce 14. Janvier 1690.

X iij

REPONSE

DE MONSEIGNEUR

LE DUC D'AUMONT,

A L'AUTEUR.

J'Ay reçû, Monsieur, la Scéne que vous m'avez envoyée touchant la Piéce nouvelle que vous voulez mettre au jour. Je l'ay lûë avec plaisir, & n'y ay rien trouvé qui ne soit dans l'ordre. Je souhaite qu'elle ait tout le succez que vous en pouvez esperer. Je n'en doute point, puis qu'elle est de vous ; & ce que j'en ay vû est assez beau pour me faire juger favorablement du reste. Je voudrois avoir d'autres occasions de vous rendre service, & de vous faire voit que je suis entiérement à vous.

LE DUC DAUMONT.

A Versailles ce 15. Janvier 1690.

A MONSIEUR

CHARPENTIER.

Vous m'avez, Monsieur, si bien accoûtumé à vous avoir obligation que tout ce que vous avez la bonté de faire pour moy ne me surprend plus. Vous êtes cause que jamais on n'a rêvé plus raisonnablement que je faisois pendant ma derniére Maladie : toutes les fois que le transport au Cerveau me faisoit parler comme il luy plaisoit, on dit que je n'étois occupé que de vous seul : & que ma plus grande peur étoit de mourir sans reconnoissance. Je ne puis vous répondre que ce soit véritablement ce que je disois dans le tems que je n'avois point de raison ; mais tant que j'en auray je vous réponds bien que je ne penseray jamais autre chose. S'il ne m'arrive point d'accident nouveau je me flate d'avoir bien-tôt l'honneur de vous rejoindre, & de vous marquer combien je fuis fenfible à tous les foins que vous vous êtes donnez en ma faveur. Je voudrois avoir le bras auffi libre que la langue, je ne prendrois point de terme pour vous rendre de trés-humbles graces de toutes les preuves que je reçois de vôtre Amitié : mais j'ay autant de peine à écrire que vous en avez peu à m'obliger : une de mes mains eft occupée à foûtenir l'autre ; & fans le plaifir que je trouve à vous remercier chaque mot me couteroit une douleur. Ajoûtez, s'il vous plaît, à tant de bontez dont je vous fuis redevable, celle de vous dire tout ce que je ne vous dis pas, & tout ce que vous fçavez que je penfe : auffi bien me feroit-il impoffible de vous exprimer avec combien de paffion & de reconnoiffance je fuis, Monfieur, Vôtre trés-humble, &c.

AU RE'VE'REND PE'RE

LE BUC,

PRE'DICATEUR DU ROY.

Pendant un Voyage qu'il fit à l'Abbaye de la Trappe.

JE viens, mon Révérend Pére, d'apprendre une nouvelle dont j'ay une véritable douleur, & qui vous en doit causer une des plus sensibles que vous ayïez jamais euë. La R. Mere Agnés aprés avoir vécu l'Age des Patriarches, & fait pour le moins autant de bonnes Actions qu'eux, en est allé recevoir la récompense. Les sentimens de tendresse & d'estime que je vous ay vû pour elle me font apprehender les premiers mouvemens de vôtre douleur ; mais quand ils seront passez , & que vous ferez reflexion sur la sainteté de sa Vie, sa Mort vous paroîtra le comble de sa felicité ; & vous rendrez grace à Dieu

de luy avoir accordé plûtôt que vous ns
le souhaitiez la Couronne que ses Vertus ont si legitimement meritée. Il ne
faut pas toûjours aimer nos Amis par
rapport à nous, il les faut aimer par
rapport à eux-mêmes ; & s'il est vray
que vous ayïez aimé cette Sainte Fille
purement pour l'Amour d'elle , quels
biens luy pouviez-vous desirer qui soient
comparables à ceux dont elle joüit ? Je
ne fais que vous répéter ce que vous
dites tous les jours pour consoler ceux
qui perdent leurs Parens & leurs Amis :
l'avantage que j'ay sur vous, c'est, mon
Révérend Pére, que vous ne l'avez
peut-être jamais dit dans une si juste
occasion, & qu'il y a peu de Personnes sur la Terre d'une Sainteté si grande que celle que le Ciel luy vient
de ravir. Consolez-vous donc, s'il vous
plaît, de la perte que vous en venez
de faire par la consideration de la gloire qu'elle s'est acquise ; & que le souvenir des graces que vous en avez re-
çües vous fasse esperer qu'elle vous en
fera encore de plus grandes , puisque
n'y ayant plus rien qui la separe de
Dieu, les priéres qu'elle luy fera pour

vous feront plus facilement exaucées. Je ne prens pas garde que je parle à un grand Théologien & à un grand Prédicateur, qui fe dira luy-même, non feulement ce que je luy dis, mais ce qu'il m'eft impoffible de luy dire ; & qui eft dans un lieu qui ne prêche que l'Aufterité, la Pénitence & la Mort. Pardon, je vous prie, mon Révérend Pére, de la liberté que je prens de vous confoler. Vous êtes trop refigné à la Volonté de Dieu pour ne pas recevoir fes Decrets avec toute la foûmiffion qui leur eft dûë; & vous avez été trop bon Amy de la R. Mere Agnés pour arrofer fes Palmes de vos pleurs. Je ne vous écris que pour vous marquer la part que je prens à tout ce qui vous touche; & la paffion fincére avec laquelle je fuis, mon Révérend Pére, Vôtre trés-humble, &c.

A MON FILS
Religieux Théatin.

JE ne puis, mon Fils, & j'en ay un chagrin qu'il m'est impossible de vous exprimer, aller à Paris faire les honneurs de vôtre Thése. Quoique la langue que vous parlerez me soit inconnuë, le désir que j'aurois de vous entendre dire de bonnes choses me la rendroit sans doute intelligible ; ou du moins mon Amitié pour vous seroit assez ingénieuse pour tâcher à découvrir dans les yeux des Auditeurs tout ce qui seroit à vôtre avantage. Je ne doute point que ma présence ne vous animât à bien faire : mais je suis seur aussi que vous ne laisserez pas de faire bien, quoy que je n'y sois pas. Jusqu'icy il ne s'est présenté aucune Action d'éclat dont vous ne soyez sorti avec honneur. Sur tout, mon Fils, si vous avez envie de bien réüssir, soyez le premier

à vous perſuader que cette Etude, toute dégoutante qu'elle eſt, vous eſt néceſſaire pour aller à d'autres qui ſont
d'une plus grande utilité, & que tout
ce qu'il y a de Docteurs au Monde ont
commencé par apprendre à connoître
les Lettres de l'Alphabet. Quelques
heureuſes diſpoſitions qu'on ait à devenir habile homme, ce n'eſt pas l'ouvrage d'un Jour ni d'une Année : il en
coûte de la peine & des veilles ; &
l'aſſiduité que vous y avez apportée
pendant vôtre Enfance me répond que
dans un âge plus raiſonnable vous y
donnerez des ſoins plus importans.
Quoy que ce ſoit pour vous ſeul que
vous travaillerez, & que l'Erudition
que vous aurez ſoit un bien attaché à
vôtre ſeule perſonne, je regarderay
comme une marque de reconnoiſſance
du peu que j'ay fait pour vous, l'application que vous apperterez à me
rendre le Pére d'un Fils habile & vertueux : & pour vous exciter par quelque choſe de plus preſſant , je vous
aſſûre que je vous en auray obligation. Tâchez donc de faire en ſorte

que vôtre Pére soit vôtre Redevable;
& forcez moy à être autant par estime
& par équité que je suis par inclination & par tendresse, Vôtre Pére trés-
affectionné.

A MA FEMME.

LETTRE ET FABLE.

IL me semble que je t'ay suffisamment parlé d'Affaires dans les deux précédens feüillets de cette Lettre. Il est tems que je te rende compte de ce que tu as tant d'envie de sçavoir , & que je te dise ingénûment comment la Comédie d'Esope a été receuë. C'est une Piéce d'un caractére si nouveau que jamais homme n'a eu tant de peur que j'en eus pendant les trois premieres Representations : les Fables qui en font la beauté (supposé qu'il y en ait dans cet Ouvrage) ne furent pas du goût de bien du Monde ; & quoi-que Raisin , qui fait toûjours bien , fist mieux Esope qu'Esope ne l'auroit pû faire luy-même , je n'osois me flater que son mérite fust capable d'en donner assez à ma Comédie pour la faire réüssir. Je dois cette justice aux Auditeurs sans pré-

vention, qui vont à la Comédie pour
y prendre du plaisir quand ils y en trouvent, & qui applaudissent de bonne foy
ce qui leur paroît digne d'être applaudy ; je leur dois, dis-je, cette justice
qu'ils me la rendoient autant qu'il leur
étoit possible, & que les murmures de
quelques beaux Esprits, qui font des
Gens fans miséricorde, ne faisoient aucune impression sur eux. Dans une conjoncture si embarrassante, pour essayer
de faire cesser le murmure des uns, &
m'attirer encore plus la bienveillance
des autres, je fis cette Fable, que le
lendemain, à la quatriéme Representa-
tion, Raisin entre le second & le troisiéme Acte, devoit venir dire aux Auditeurs.

LE DOGUE, ET LE BOEUF.

F A B L E.

UN Dogue envieux, superbe,
   Etant couché dans un Champ,
   Fut assez lâche & méchant
Pour empêcher le Bœuf d'y brouter un peu
  d'herbe.

Le

Le Bœuf, en mugissant, portant ailleurs ses pas,
Maudit sois-tu, dit-il, & que malheur t'arrive !
    Ta méchanceté me prive
    De ce que tu ne veux pas.

Il devoit ensuite apostropher ceux qui se déchaînoient contre les Fables, & leur dire :

Messieurs les beaux Esprits que la Fable révolte,
    Parlez sans dissimuler :
    Dans quel Champ peut-on aller
    Pour faire plus de récolte ?
A tant d'honnétes Gens, qui sont devant vos
    yeux,
Laissez la liberté d'applaudir ce mélange ;
Et ne ressemblez pas à ce Dogue envieux
Qui ne veut ni manger, ni souffrir que l'on
    mange.

On ne fut, grace au Ciel, obligé de dire ni l'Apostrophe ni la Fable : il y eut tant de Monde à cette quatriéme

X

Repréſentation , & l'Applaudiſſement
fut ſi général que nous fûmes au moins
auſſi contens des Auditeurs qu'ils le furent de nous ; & ce jour là la Piéce
s'affermit ſi bien qu'elle n'a point chan-
celé depuis. Quelques uns diſent qu'on
n'a rien vû de ſi bon depuis Moliere ;
& ceux qui veulent me flater diſent qu'il
n'a rien fait de meilleur : mais je luy
rends juſtice , & je me la rends auſſi ;
c'eſt aſſez dire que je ne me laiſſe pas
aller à la flaterie. Par malheur il n'y a
plus que ſix Repréſentations à en donner de ce Carême ; & je ne doute point
que trois ſemaines d'interruption , &
les beaux jours d'aprés Pâques ne luy
faſſent perdre les trois quarts de ſon
mérite. Il n'y a que cinq Piſtoles à dire que mes deux parts ne montent déja à Mille Ecus ; & ſi le Carême eût été
une fois plus long je ſuis ſeur qu'elles
auroient encore monté à plus de cinq
Cens. A vûë de païs elles iront à prés
de quatre Mille livres , ſans l'Impreſ-
ſion ; & qui ſeroit aſſuré de faire deux
Piéces par an avec le même ſuccez,
n'auroit guéres beſoin d'autre Employ.
J'en donnay hier une Demi-douzaine

d'Exemplaires au jeune Avocat Berret, qui part demain ; & pour l'obliger à te les rendre fidellement je luy fis present d'un pour le port. Quelque peu que je t'en envoye fais en forte, je te prie, d'en garder au moins un pour toy : & sois persuadée que le plus grand plaisir que m'ait causé cet heureux succez, a été par rapport à la part que tu voudrois bien y prendre. Je voudrois, ma chere Michelon, qu'il y eût moins d'espace entre toy & moy, pour te donner de plus sensibles marques de la tendresse avec laquelle tu sçais que je suis, Tout à Toy.

A MONSIEUR ****

Président à Mortier au Parlement de Dijon.

MONSIEUR,

Je ne pouvois recevoir aucune nouvelle plus satisfaisante pour moy que celle que vous m'avez fait l'honneur de m'apprendre du Mariage de Monsieur vôtre Fils. J'entre affez avant dans vos interêts, & dans les siens pour me faire un sensible plaisir de tout ce qui est capable de vous en causer : & ce grand dessein me donne d'autant plus de joye que je ne vois aucun lieu de douter que la suite n'en soit extrémement heureuse. J'espere, Monsieur, que les marques de bonté & de tendresse que vous luy

donnerez dans une occasion si impor-
tante seront suivies de la reconnoissance qui est si naturelle aux Personnes de
sa qualité & de son mérite ; & que la
satisfaction que vous aurez de luy faire
un établissement ne sera pas plus grande que celle qu'il aura de vous le devoir. Je souhaite, Monsieur, que vous
ayez toujours de justes sujets de vous
en loüer ; & qu'à la grace que vous m'a-
vez faite de m'apprendre une si bonne
nouvelle, vous ajoutiez celle de me
croire avec beaucoup d'estime & de
respect,

MONSIEUR,

Vôtre trés-humble & trés-
obeïssant serviteur.

LETTRE
DE MONSIEUR RAISIN.
A L'AUTEUR.

JE dois ce soir, moy indigne, souper avec Messieurs de Vandôme, de la Farre, l'Abbé de Chaulieu, & quelques autres de ce Mérite, ou approchant, à qui j'ay dit que le vôtre ne paroissoit petit qu'à ceux qui ne le connoissoient pas. Je leur ay soûtenu que Moliere, dont les Ouvrages ont tant de réputation, & si justement, ne faisoit pas mieux des Vers que vous; & je me suis offert à les en faire convenir s'ils vouloient avoir autant d'équité qu'ils ont d'esprit. A vous dire vray, je croy m'être un peu trop avancé; mais cela vous regarde plus que moy; & si je ne sois pas de cette Affaire à mon honneur, ce sera encore moins au vôtre. Aidez-moy, je vous prie, à me faire tenir la parole qui m'est échapée ; & ne manquez pas, toute chose cessante, de m'envoyer la Scéne que Momus & Phaéton font ensemble, où j'ay trouvé d'aussi beaux Vers qu'on en puisse faire, sans en excepter qui que ce soit: Je l'étudieray avec tant de soin , & la réciteray avec tant de feu que je me trompe fort si je ne la leur fais trouver bonne. Sur tout , un peu plus de diligence que vous n'avez coûtume d'en avoir. Je n'ay pas trop de tems pour la besogne que j'ay à faire ; & pour peu que nous fuyïons je vous laisse à penser de qui l'on se moquera le plus. Ne perdez pas un moment à me donner la satisfaction que j'attens de vous ; & je me flate que vous en recevrez de moy une entiére. Je vous donne le bon jour.

RAISIN.

RÉPONSE
DE L'AUTEUR
A MONSIEUR RAISIN.

A Quoy, Diable, vous êtes-vous en-
gagé : & que pouviez-vous faire de
pis contre moy que d'exposer mes Vers
à une Critique si délicate ? Je sçay bien
qu'il n'y a point d'Approbation plus glo-
rieuse ; & que le plus grand honneur
que je pûsse avoir seroit de la mériter : mais vous me parlez de Gens trop
accoûtumez à voir de belles choses
pour en applaudir de médiocres ; &
quelque dessein que vous ayïez eu quand
vous avez dit que Moliére ne faisoit
pas mieux des Vers que moy, c'est
une hérésie dont je serois au desespoir
d'être soupçonné. Je vais transcrire la
Scéne que vous me demandez, non
dans la pensée de lutter avec un aussi
habile homme que celuy avec qui vous
avez eu l'imprudence de me comparer :
il y

il y a trop d'inégalité de mes forces aux
siennes ; & le chemin qu'il a pris pour
aller à la gloire y conduit si droit que
je me contenterois de l'y suivre de bien
loin. Quant au reste, démêlez-vous en
comme vous pourrez. Comme je n'ay
point de part à l'entreprise, je consens
à n'en point avoir au succez, persuadé
que si vous réüssissez il y aura plus de
vôtre mérite que du mien ; & que ce
ne sera pas la première méchante chose que vous ayïez fait valoir. Je m'impose silence pour écrire ce que vous
me demandez.

SCENE

PHAETON, MOMUS.

PHAETON.

NOn, Momus, vos discours ne sont point
de saison ;
Je prétens me vanger de ce mortel outrage.

MOMUS.

Il a tort : Vous avez raison :
Que diable voulez-vous qu'on dise davantage ?

Z

Quoi-qu'on sçache là-haut , aussi bien qu'icy-
bas

Que vous êtes le Fils du Dieu de la Lumiere

Je vous ay déja dit que je ne voudrois pas

Approfondir cette matiére.

PHAE'TON.

Non , vous dis-je , il est beau que j'en fasse du
bruit :

Ma naissance est-elle incertaine ?

L'Univers n'est-il pas instruit

De ce que le Soleil a senti pour Climene ?

MOMUS.

Oüy , sans doute , tout l'Univers

A sçeu que le Soleil a soupiré pour elle :

Mais qui sçait si toûjours elle luy fut fidelle ;

Et si rien de sa part n'est allé de travers ?

Vous m'allez alléguer qu'il seroit dificile

Qu'elle eût pour un Mortel voulu quitter un
Dieu :

Si cette raison a lieu

C'est une fois entre mille.

Il faut avec les Dieux être toûjours guindé ;

En prenant de l'amour, concevoir de la crainte ;

D'un respect importun avoir l'esprit bridé ;

Et la tendresse est foible où regne la contrainte.

Il est certain plaisir que je ne nomme pas,

Quoi-qu'il soit le plus grand de tous ceux qu'on
    renomme,

      Où plus on fait voir qu'on est homme

      Plus on y fait trouver d'appas.

Pour combien de Mortels, sçavans en l'art de
    plaire,

Les Maîtresses des Dieux leur font-elles faux-
    bon ?

J'en connois quelques-uns, bâtis d'une manière

      A ne dire jamais non ;

      Et Madame vôtre Mere

      A toûjours eu le goût bon.

PHAETON.

Hé que prétendez-vous par là me faire entendre ?

MOMUS.

Rien : je veux seulement par manière d'aquit,

      Tâcher à vous faire comprendre

Qu'il n'est pas toûjours sûr qu'on ait l'heur de
    descendre

      Du Pére que la Mére dit.

PHAETON.

Je sçay que de Momus la langue médisante

En quelque rang qu'on soit pousse chacun à
    bout :

Mais, eût-elle à médire une plus forte pente,
   Elle n'a rien qui m'épouvante ;
Le Soleil est mon Pére, & le Soleil void tout.
Ma Mére de tout tems fut sensible à la gloire :
   Mais quand elle l'eût moins été
   Elle n'en pouvoit faire accroire
   Au Dieu qui donne la clarté.

M O M U S.

Que je plains vos raisons si c'est là la meil-
 leure !
Quelque précaution qu'on prenne en cas pareil
   L'Amour, plus fin que le Soleil,
   Fait bien du chemin dans une heure.
Il trompe le plus simple, & le plus défiant :
Et quelque opinion que puisse être la vôtre,
   Le Dieu le plus clair-voyant
   N'y void pas plus clair qu'un autre.
   Croyez-moy, Seigneur Phaéton,
C'est en Dieu de bon sens qu'avec vous je m'ex-
 plique :
   Ne prenez point un si haut ton
   En chose si problématique.
Vous pouvez me répondre, & vous aurez raison,
Qu'il vous importe peu qui vous ait donné l'être ;
   Que le Soleil soit vôtre Pére ou non,

Il vous suffit qu'il s'imagine l'être :
Aussi-bien, entre nous, à parler tout de bon,
Lors qu'on dit qu'un Enfant nous doit son
    origine
        A moins qu'on ne se l'imagine
        Quelle certitude en a-t-on ? &c.

Vous devez, je croy être satisfait de
ma diligence. Il étoit huit heures lors
que j'ay reçû vôtre Billet ; & il n'en
sera pas dix quand vous recevrez ma
Réponse. J'ay bien peur que nous
n'ayïons été trop vîte l'un & l'autre,
& que nous n'en soyïons contens ni
vous ni moy. L'enjoûement où vous
êtes de cette Scéne vous persüade que
tout le monde y doit prendre autant de
plaisir que vous : & vous ne faites pas
réfléxion que l'Amitié que vous avez
pour moy vous y fait trouver des beautez que ceux à qui je suis indiférent
n'y trouveront pas. Je ne vous recommande point de bien faire : il y va plus
de vôtre interêt que du mien ; & sans
doute il vous seroit honteux (aprés ce

                        Z iij

que vous avez avancé à des Alteſſes)
que des Vers qui vous ont paru bons
dans ma bouche, fuſſent trouvez mauvais dans celle d'un Comédien plus habile que feu Roſcius. Je me trouveray
demain au ſavoureux repas que vôtre
gros & bon Ami Dubois vous prépare ;
où vous me direz le ſuccez que vous
aurez eu. Puiſſiez-vous, pour le bon
jour que vous m'avez donné, avoir un
auſſi bon ſoir que je vous le ſouhaite.

A MONSIEUR ***

Capitaine de Dragons, qui avoit prié l'Auteur de mettre une Piece de Théatre sous son Nom, pour avoir la faculté d'entrer à la Comédie *gratis*. Avec une Apostille sur Pe'-Fournier.

LETTRE ET FABLE.

VOus croyez, Monsieur, & vous ne pouvez me faire une plus grande injustice, que c'est manque de considération pour vous que je vous refuse ce que vous me demandez. Puis-je vous montrer une estime plus sincére que de ne pas vouloir faire d'un bon Officier un méchant Auteur ? On ne trouve en vous aucun des défauts qui font les bonnes qualitez des Gens de vôtre âge, & de vôtre profession. Vous

Z iiij

ne joüez point ; vous ne buvez point ; & pour tout dire vous êtes plus estimé par ce que vous ne faites point, que vos Camarades ne le font par ce qu'ils font de plus estimable. Qui le croiroit que tout jeune & tout Capitaine que vous êtes la Comédie soit la plus grande de vos débauches ! Vous m'avez juré que depuis la Toussaints jusqu'à la fin du Carême il vous en avoit coûté dix Pistoles pour la voir ; & je demeure d'accord que c'est beaucoup pour un jeune Gentilhomme à qui son Pere n'accorde que Cent Ecus par an , & à qui le Roy ne donne pas grand-chose : mais que c'est peu en comparaison de ce qu'il vous en coûteroit si vous étiez obligé d'aller vous-même lire une Piece aux Comédiens ! Je n'ay jamais été plus véritablement vôtre Amy qu'en vous refusant ce que vous souhaitiez de moy : ma complaisance m'auroit fait perdre vôtre estime ; & quelques bonnes intentions que vous ayïez vous n'auriez pû vous empêcher de me vouloir mal des chagrins où je vous aurois exposé. Pour vous desabuser de l'opinion où vous êtes que je ne vous ay pas voulu

rendre un bon office, voyez, je vous
prie, par le détail de ce que vous auriez eu à souffrir, si le plus grand de
vos ennemis auroit pû vous en rendre
un plus mauvais. Les Comédiens, persuadez que la prémiere Piece d'un Auteur est toûjours méchante, (plût au
Ciel qu'ils n'eussent jamais plus de tort)
ne vous donneroient audience que parce qu'ils ne pourroient vous la refuser :
mais à peine vous en laisseroient-ils lire un Acte entier sans vous faire je ne
sçay combien d'objections, à quoy il
vous seroit impossible de répondre ; &
qui vous dégouteroient pour toûjours
de l'envie dépravée de vouloir paroître Auteur. Je suis obligé de rendre
justice à la Verité, & d'avoüer qu'il y
en a quelques-uns dont le discerne-
ment est très-juste, & qui sont capables de donner de bons Avis ; mais on
dit qu'ils les vendent un peu cher ; &
que ceux qui en ont pris une fois n'y
retournent plus.

S'il est vray ce que l'on raconte
Qu'ils prétendent trouver leur compte
En donnant aux Auteurs des Avis bien ou mal ;

Pour les justifier je ne sçay point d'excuses :
  Mettre des imposts sur les Muses
  C'est dérober à l'Hôpital.

D'ailleurs, Monsieur, quoi que vous
sçachiez tout ce qu'un galant homme
peut sçavoir, & que vous parliez de
Contrescarpes, de Demi-Lunes & de
Bastions aussi bien que les Vaubans &
les Marignis ; qui vous demanderoit
combien un Vers a de pieds, & ce que
c'est qu'un Hémistiche, un Hiatus &
une Cacophonie, quel jargon, bon
Dieu ! seroit-ce pour vous ? Si la Comédie dont vous vous diriez l'Auteur
étoit méchante, (comme apparemment
elle ne seroit pas fort bonne si je la fai-
fois) vous auriez beau la désavoüer,
on ne vous feroit pas la justice de vous
croire ; & cela vous donneroit un ridicule qu'en Amy sincére je vous conseil-
le de vous épargner. Si au contraire
elle n'étoit pas mauvaise, ou même que
sans mérite elle eût un heureux succez,
comme beaucoup d'autres, le peu de
connoissance que vous avez des Régles

du Théatre trahiroit infailliblement vôtre secret : & je vous laisse à penser
quel autre ridicule ce seroit, je ne dis
pas si l'on étoit seur, mais si l'on soup-
çonnoit seulement qu'elle ne fust pas
de vous. Pesez sans prévention ce que
je vous écris, & vous m'aurez obligation de mon refus. Je vois trop à perdre & trop peu à gagner pour vous dans
la priere que vous me faites : & si la
Comédie est un plaisir dont vous ne
puissiez absolument vous passer, il vaut
mieux qu'il vous en coûte vôtre argent
que vôtre réputation. Vous ne pourriez
échaper à cent railleries piquantes qui
vous desespéreroient : ma presence même vous sembleroit un reproche ; &
quoi-que cette Fable ait été faite plus
de deux mille ans avant que vous fussiez au monde, vous ne la liriez jamais
sans vous imaginer que je l'aurois re-
nouvellée exprés pour vous.

LES PAONS ET LE GEAY.

F A B L E.

Quelques Pâns ayant mué

Un Geay de leur dépoüille à l'inftant s'accom-
    mode :

Et d'un fi beau plumage étant infatué

      Il s'en bigarre à fa mode.

      Aprés avoir quelque tems

      Admiré fa braverie ,

      Il fe mêle aux autres Pâns ,

Et foûtient la gageure avec effronterie.

D'abord un plein fuccez feconde fon efpoir :

      On le flate , on le careffe ,

      Et l'on eft ravy de voir

      Ce Pân de nouvelle efpéce.

Mais s'étant fait connoître à fon jargon fufpeêt,

(Car jafer fotement fut toûjours fa coûtume)

Loin de garder pour luy ni bonté ni refpeêt

On fuit de ce Brigand l'injurieux afpeêt :

      Et pour comble d'amertume

      Chacun luy tire une plume ,

      Et luy donne un coup de bec.

Croyez-moy , Monfieur ; voyez la
Comédie comme vous avez fait jufques-
icy , & payez-là de même : c'eft le meil-

leur parti qu'un homme de vôtre méri-te & de vôtre qualité puisse prendre. Les Actions que vous avez faites à Namur vous ont acquis un commencement de gloire qu'il faut faire aller le plus loin qu'il vous sera possible : & si malheu-reusement on venoit à sçavoir que vous eussiez eu la foiblesse de vous dire l'Au-teur d'un Ouvrage que vous n'auriez pas fait, ce seroit une tache que vous n'effaceriez de vôtre vie. Je ne biaise point pour vous dire la verité ; & si vous en voulez sçavoir la raison, c'est mon cher Monsieur, que je suis verita-blement, Vôtre trés-humble, &c.

APOSTILLE.

Quand vous écrirez à Monsieur vô-tre Pére, ayez la bonté de l'assurer de mes respects : & si vous croyez luy fai-re plaisir, mandez-luy un incident qui arriva la semaine passée à Pé-Fournier, son Procureur, en plaidant contre un jeune Avocat à la Tournelle-Civile. Le Barreau éclata de rire ; & la Cour, tou-te serieuse qu'elle est, eut beaucoup de peine à garder sa gravité. L'Epigram-

me que je mets icy, & que vous luy
envoirez, luy expliquera assez cet incident.

Pè-Fournier, méchant Borgne, & Pro-
   cureur subtil,
Contre un jeune Avocat déployant son babil
Dit qu'au lieu de raisons il contoit des sor-
   nettes :
Des inutilitez d'un Orateur transy.
Mes raisons, répondit l'Avocat, sont fort nettes :
     Et rien n'est inutile icy
     Qu'un des côtez de vos Lunettes.

A MONSEIGNEUR
FLECHIER,
DE L'ACADE'MIE FRANCOISE.
§
EVESQUE DE NISMES;
Sur une Gageure.

Pour sçavoir s'il faut dire au pre-
sent : perds-je *mon Argent, ou*
perdé-je *mon Argent.*

MONSEIGNEUR,

Est - il possible que ce que je viens
d'apprendre soit véritable, & que vous
vous soyïez déclaré pour une façon de
parler que condamne la Raison , & que
n'autorise point l'Usage ? Quand je par-

le de l'Usage j'entens ce que disent les honnêtes Gens, & non ce que dit le Peuple, qui feroit bien-tôt dégénérer nôtre Langue en jargon si l'on faisoit un Usage de ses sotises. Une preuve que *perdé-je* mon Argent n'est point du bel Usage, c'est, Monseigneur, que vous n'oseriez vous en servir : & comme vous êtes le Modele le plus parfait que ceux qui veulent sçavoir la pureté de la Langue Françoise tâchent de suivre, vous jugez bien qu'on ne croira jamais du bel Usage une façon de parler dont vous ne vous servirez pas. Je sçay, & toute la France le sçait comme moy, que sur nôtre Langue, & sur beaucoup d'autres, tout ce que vous prononcez sont des Arrêts, & que s'il y a quelque Juge Souverain sur cette matiere ce doit être vous : mais peu de Personnes perdent leur procez sans s'imaginer qu'on leur fait une injustice ; & ne doutant point que vous n'ayïez autant d'équité que de politesse (c'est assez dire que vous en avez beaucoup) tout ce que je puis faire, pour conserver le respect que je vous dois, c'est de croire que vous avez décidé la chose avec un peu

de

de précipitation. Vaugelas, qui eſt le plus habile homme que nous ayïons eu, avant vous, pour la délicateſſe de nôtre Langue, eſt formellement pour moy : & voicy mot pour mot comme il s'explique dans les judicieuſes Remarques qui luy ont acquis une ſi grande réputation. Après avoir condamné certaines façons de parler dont on ſe ſert dans les Provinces, il dit :

Il y a encore une remarque à faire, même pour ceux qui ſont de Paris & de la Cour, dont pluſieurs diſent, *menté-je*, pour dire *ments-je*, *perdé-je*, pour dire, *perds-je* ; *rompé-je*, pour dire *romps-je*. Nous n'avons pas un ſeul Auteur, ni en Proſe ni en Vers, je dis des plus médiocres, qui ait jamais écrit, *menté-je*, ni *perdé-je*, ni rien de ſemblable.

A quoy il ne ſert de rien, ajoûte-t-il plus bas, d'oppoſer que *ments-je*, *perds-je*, *romps-je*, font un fort mauvais ſon ; car ceux qui diſent qu'il faut parler ainſi, n'en demeurent pas d'acord, & trouvent au contraire, que c'eſt *menté-je*, *perdé-je*, *rompé-je*, qui ſont inſupportables à l'oreille,

A a

auſſi - bien qu'à la raiſon , &c. »

Je veux qu'il y ait des façons de parler qui ayent vieilly depuis Vaugelas ,
& qui ne ſoient plus du bel Uſage : le
pis qu'on puiſſe faire contre moy , c'eſt
de conſulter ceux qui ont écrit aprés
luy ſur la même matiere , comme Monſieur Corneille , Monſieur Ménage , &
le R. P. Bouhours : & ſi quelqu'un d'eux
dit poſitivement que *perdé-je* , ſoit du
bel Uſage , je ſouſcris avec beaucoup
de ſoumiſſion à leur ſentiment , parce
qu'apparemment ils ne l'ont pas mis ſans
faire auparavant toutes les reflexions
neceſſaires.

Il eſt vray qu'une des plus délicates
Plumes qui ayent jamais été (c'eſt de
la Célébre Mademoiſelle de Scudery
dont je parle) a mis quelquefois dans
les Ouvrages inimitables qu'elle a donnez au Public : *Auſſi ne prétendé-je*
pas , pour dire , *auſſi ne prétens-je pas* ;
& que ce qu'elle écrit devroit être une
loy pour les autres : Cependant tout
Illuſtre qu'elle eſt , elle n'a été ſuivie
en cette occaſion de qui que ce ſoit ;
& vous ne doutez pas , Monſeigneur ,
que ſi cette façon de parler eût pû s'in-

troduire, elle venoit d'assez bonne part
pour être favorablement reçüë.

Malgré ce que Vaugelas a dit en faveur de *perds-je*, je ne prétens pas soûtenir que cette maniere de parler soit
du bel Usage : je soûtiens au contraire que ceux qui parlent bien doivent
l'éviter ; & lors que j'ay parié trois
Louis d'or ça a été seulement que dans
une absoluë & indispensable nécessité
de dire *perds-je* ou *perdé-je*, *perds-je*
est préférable à l'autre.

Tout ce qu'il y a d'Avocats fameux
disent toûjours *perds-je* mon Droit,
perds-je mon Hypotéque, *perds-je* ma
Cause ; & jamais le mot de *perdé-je* ne
leur échape. Pour ne pas être de l'A-
cadémie ce n'est pas une conséquence
qu'il n'y en ait beaucoup qui seroient
trés-dignes d'en être ; & l'on en void
qui manient les termes du Droit avec
tant de délicatesse qu'ils en ôtent toute la barbarie.

Si l'Eloquence du Barreau ne vous
paroît pas une autorité d'assez grand
poids, Monsieur de Langres, que j'ay
eu l'honneur de voir ce matin, qui non
seulement est de la Cour, mais qui de-

meure d'accord luy-même qu'il eſt grand
Joüeur ; & qui par conſequent doit être
bon Juge des termes dont il s'agit, m'a
dit que tous les Joüeurs de diſtinction
diſent *perds-je* mon Argent, & non pas
perdé-je : Et ſi j'oſois prendre la liberté de me ſervir d'une Autorité au deſſus de toutes les autres, je vous dirois,
Monſeigneur, qu'il m'a aſſuré que le
Roy, qui parle mieux que l'Académie
dont il eſt le Protecteur, diſoit ces jours
paſſez : *Depuis ſix Ans que j'ay tant
d'Ennemis ſur les bras*, perds-je *un ſeul
pouce de Terre ?*

Quoi-que je ne dûſſe plus rien citer
aprés un ſi grand Exemple, ſouffrez,
s'il vous plaît, que je vous demande encore ſi jamais vous avez oüy dire à Monſieur de Périgueux, à Monſieur d'Agen,
à Monſieur de Meaux, au Pere Bour-
daloüe ; & pour tout dire, vous-même,
Monſeigneur, vous-même, avez-vous
jamais dit le mot de *perdé-je*, en tant
d'occaſions où vous avez parlé avec un
ſi grand ſuccez ?

Corneille, Racine, Deſpréaux, Moliere, & tout ce qu'il y a eu, & qu'il y
e encore de Gens Celebres pour la Poé-

lie, ont-ils jamais ufé de cette façon de
parler dans aucun endroit de tant d'Ouvrages qui ont immortalifé leur Nom?
& fi les Avocats, les Prédicateurs, les
Poétes, les Courtifans, le Roy même,
ne s'en servent pas, comment *perdé-je*
peut-il être du bel Usage?

La lie du Peuple, fecondé de quelques Laquais de la Cour, qui joüent ordinairement au Lanfquenet ou au Bre-
lan en attendant leurs Maîtres, font
les premiers qui ont introduit le mot
de *perdé-je*; & qui faute de connoiffan-
ce ont crû que *mangé-je*, & *bûvé-je*
étoient auffi bien dits l'un que l'autre.
Si ce qui eft ufité parmi eux devenoit
un Ufage général, on diroit bien tôt,
Voyé-je clair, *croyé-je* un menfonge,
fuyé-je les coups, & une infinité d'autres mauvais termes dont ils fe fervent,
qui leur femblent meilleurs que *crois-
je*, *vois-je*, *fuis-je*, qui font ceux dont
il fe faut fervir.

De quelle utilité eft la plus Illuftre
Compagnie de l'Europe, je veux dire
l'Académie Françoife, fi elle fouffre
que nôtre Langue fe corrompe fans s'y
oppofer? Ne devroit-elle pas, quand

elle void quelque mauvais mot qu'on s'efforce d'introduire, s'efforcer de son côté d'en empêcher le cours : & puis-qu'elle est, pour ainsi dire, la Déposi-taire de nôtre Langue, & que le Roy luy en a confié le foin, n'est-il pas de son devoir de travailler à la faire passer aux Siécles à venir dans toute sa pure-té ? La premiere fois que *perdé-je*, a été à ses oreilles, si elle l'avoit proscrit, comme elle y étoit obligée, il n'auroit pas passé de la Canaille à la petite Bourgeoisie, & de là aux Procureurs & aux Marchands, à qui le son d'un écu fait plus de plaisir que celuy de la plus délicate periode qu'on puisse faire. Y avoit-il rien de plus aisé que de dire : *Aujourd'huy l'Académie Françoise af-semblée, ayant appris que de petites Gens, sans connoissance & sans érudi-tion prononcent* perdé - je *, au lieu de dire* perds-je *, a déclaré que le terme de* perdé-je *est détestable ; & qu'il n'y a Personne de distinction & de mérite qui s'en puisse raisonnablement servir ?* Et croyez-vous, Monseigneur, qu'après une pareille Décision quelqu'un eût osé le prononcer ? C'est ce que l'Académie

devroit encore faire à tous les mauvais
mots & à toutes les méchantes phrases
qui vont jusqu'à elle. Elle montreroit
par là son autorité : rendroit un grand
service au Public ; & conserveroit toutes ses graces à une Langue qui luy en
doit la meilleure partie.

Je ne doute point , Monseigneur ,
que vous , qui en êtes un Membre si
considérable, & qui faites des Ouvrages qui ne périront que par la dissolution des Siécles , je ne doute point ,
dis-je , que ce que vous voudrez faire
passer ne passe ; & que tout méchant
qu'est le terme de *perdé-je* il ne soit dé-
sormais du bel Usage , s'il vous plaît
de le faire trouver bon : mais jusqu'à
ce que vous l'ayïez écrit, ou que je
vous l'aye entendu dire , permettrez-
moy d'appeller de vous à vous même ;
& de vous demander au moins , avec
un peu de refléxion , la confirmation
d'un jugement que vrai-semblablement
vous avez rendu sans en faire. Sur tout,
Monseigneur, si vous me faites perdre
ma gageure que ce soit sans perdre vôtre bienveillance : il s'en faut beaucoup

que l'une ne me touche tant que l'autre. Quand vous vous déclarerez une
seconde fois pour *perdé-je* ; que *perds-
je* en comparaison de l'honneur d'être ?

MONSEIGNEUR,

Vôtre trés humble & trés-
obeïssant serviteur.

A

A MONSIEUR

DE QUANTE'AL,

Docteur en Médecine, à qui l'Auteur recommande un Apoticaire.

UN Apoticaire, qui se donne au Diable qu'il est de mes parens, (je me donne au Diable si je sçay par où) ne jugeant pas les Gens de sa Patrie dignes de ses Génuflexions, & ayant dessein de s'établir en vôtre Ville, m'a prié de vous le recommander ; & je vous le recommande. C'est un homme, qui charmé de sa Profession s'y est appliqué uniquement ; & de crainte d'être dissipé n'a jamais voulu sçavoir autre chose. Sa phisionomie suffit pour justifier qu'il n'a point de méchans desseins; & que s'il luy arrive de donner de l'Arsenic pour du Sucre ce sera de la meilleure foy du monde. Il a fait cinq ou

B b

six Campagnes pendant ces dernieres Guerres, en qualité d'Apoticaire des Suisses & Grisons, & je dois ce témoignage à la Vérité que dans toutes les Gazettes que j'ay lûës on n'a fait mention d'aucun *qui pro quo* qu'on luy puisse reprocher. A l'égard de la bonté de ses Drogues, il m'a dit en confidence qu'il emportoit d'icy de quoy faire des Lavemens, bouche que veux-tu. Il n'est point de teint, quelque broüillé qu'il puisse être, que par la Vertu de sa Seringue il ne rende uni comme une glace ; & quand on a le secret d'infuser des Attraits aux Dames, vous ne doutez pas qu'on ne soit bien venu par tout. Enfin, Monsieur, il ne vous en coutera qu'un coup d'œil pour voir tout le mérite que Dieu luy a donné. Il n'est pas de ces Gens journaliers qui aujourd'huy font paroître un grand Esprit & demain un médiocre : celuy qu'il vous montrera d'abord est le même qu'il aura toute sa vie ; & s'il ne vous paroît pas d'une grandeur surprenante vous le trouverez au moins d'une raisonnable grosseur. Sur le Portrait que je vous en fais, & que je vous garentis ressemblant, vous jugez bien que pour le faire passer pour habile homme il faut que vous le soyïez extrémement vous même ; & que voicy une occasion à ne rien oublier de tout vôtre sçavoir-faire. Une chose plus aisée me sembleroit moins digne de vous : & peut-être suis-je le seul homme au Monde qui ait assez de Foy en un Médecin pour en attendre une espéce de miracle. Je sçay bien que vous avez souvent arraché d'entre les bras de la Mort des Personnes dont elle avoit juré de faire sa proye; & que vous êtes celuy de toute la Faculté à qui elle craint le plus d'avoir affaire : mais au moins y a-t-il encore quelque signe de Vie dans les Malades que vous guérissez ; & le Cousin que je vous prie de faire passer pour habile homme, n'en a jamais montré aucun signe. Essayez pourtant de luy être utile, quelques difficultez que vous y trouviez : c'est moy qui vous en conjure ; & je ne sçay point d'obstacle que je ne sois capable de surmonter quand il s'agira de vous assurer que je suis, Monsieur, Vôtre trés-humble, &c.

B b ij

A MONSIEUR

BAUDRAND,

Docteur de Sorbonne, Ancien Curé de Saint Sulpice ; qui auroit bien fait de l'être toûjours.

LETTRE ET FABLE.

JE vous ay dit bien des fois, Monſieur, & je ne me laſſeray jamais de vous le redire, que rien n'eſt plus inſtructif que les Fables ; & qu'Éſope a été l'un des plus droits & des plus judicieux hommes du Monde. Ce n'eſt pas de la droiture de ſon Corps dont j'entens parler ; il n'y en a jamais eu de moins droit que le ſien : c'eſt de la droiture de ſon Cœur & de ſon Eſprit. Jamais homme n'a fait en ſi peu de mots de ſi grandes Leçons : & s'il étoit né ſept ou huit cens ans plus tard, je ne doute point que nôtre Religion

n'en eût fait un Saint. Il nous marque
le chemin qu'il faut suivre pour aller
au bien ; & nous détourne de celuy qui
conduit au mal ; qu'y a-t-il à souhaiter
de plus ? Je croy qu'on ne peut faire
un faux pas dans le sentier qu'il nous
trace ; & qu'il est impossible d'en sortir sans s'égarer. Comme il ne veut pas
que nous nous flations d'avoir plus de
probité que d'autres, qui en ont peut-
être plus que nous, il ne veut pas aussi
que nous remettions à d'autres les bonnes Actions que nous pouvons faire
nous-mêmes : & si vous l'aviez crû assez
vôtre Amy pour le consulter sur ce que
vous venez de faire, je suis persuadé
que la Fable que vous allez lire vous y
auroit fait penser plus d'une fois.

LE PE'LICAN,

FABLE.

DAns un Canton fertile un Pélican régnoit ;
   Qui soir & matin se saignoit
    Par tendresse pour sa Couvée ;
Aux Oiseaux d'alentour il se montroit si doux
          B b iij

Que generalement de tous
Sa conduite étoit approuvée.
Maître d'un Pâturage, absolument à luy,
Dont il se nourissoit, & soulageoit Autruy,
Son plaisir le plus grand étoit d'en pouvoir faire :
Quand, par un accident dificile à prévoir,
Se croyant hors d'état de remplir son devoir
Du Bien qu'il possedoit il voulut se deffaire.
Plus d'un Amy sincére eut soin de l'avertir
Qu'il pourroit par la suite avoir du repentir
        D'abandonner son Pâturage :
Mais bien loin de changer de résolution
Il soûtint que celuy qui ne fait point d'Ouvrage,
N'en devoit point avoir la Rétribution.
Que pour être d'un Bien le légitime Maître.
Il faloit le devoir au Travail précédent :
Ce sentiment est beau ; mais tout beau qu'il puis-
   se être
        Je doute qu'il soit bien prudent.
        Il jetta les yeux sur un Cigne
        Pour qui son estime éclatoit :
        Et qui luy parut le plus digne
        De posseder ce qu'il quittoit.
Il se peut que le Cigne ait un Mérite extrême :
Et que le Pélican ne pouvoit mieux choisir :

Mais le plus sensible plaisir
Est de pouvoir toûjours faire bien par soy-
même.

❧

Je sçay, Monsieur, que tout ce qu'il
y a eu de Siécles depuis Esope jusqu'à
nous, l'ont tous estimé grand Philosophe : mais je ne sçavois pas qu'il fust
Prophéte, & qu'il vous eût apperceu
à travers l'espace de plus de deux Mille ans qui étoient entre vous & luy.
Je vous reconnois d'un bout à l'autre
dans le Pélican ; & quand le bon Phti-
gien vous auroit dessigné d'aprés Nature il ne vous auroit pas fait plus ressemblant. Combien de fois avez-vous
tiré du Sang de vos Veines, & retran-
ché de ce qui vous étoit absolument
necessaire pour en assister les Pauvres
de vôtre Paroisse, pour qui vous aviez
plus de tendresse que jamais le Pélican
n'en a eu pour ses petits ? Je ne parle
point par oüy dire. Je vous ay vû vous
refuser une Soutane, pour avoir la satisfaction de donner la préférence à un
Pauvre, qui vous parut avoir plus besoin d'un habit que vous ; & quand

B b iiij

Dieu ne vous tiendroit pas compte de cette Action. je vous en trouvay assez recompensé par le plaisir que vous y preniez. Je prévoy que vous me voudrez mal de ce que j'ay la Mémoire si bonne. Vôtre Modestie est si désobligeante qu'elle ne veut pas qu'on profite des bons exemples que prêtent vos autres Vertus : mais je n'ay plus de mesures à garder avec vous : pour peu que vous me chagriniez je diray tout ce que je vous ay vû faire ; & je vous couvriray de confusion à force de citer de bonnes Oeuvres. Je ne puis mieux me vanger de ce que vous nous avez quitté qu'en faisant voir tout ce que vous nous faites perdre : ni mieux vous faire connoître avec combien de sincérité & d'estime j'ay toûjours été, Monsieur, Vôtre trés - humble & trés - obéïssant serviteur.

A MADAME

LA COMTESSE

DE LA RIVIE'RE,

qui fit entendre deux Sermons à l'Auteur, dans un même jour.

J'Entendis avant-hier deux Sermons, & vous en porterez le péché : ce fut vous, Madame, qui en fustes la cause. Il est vray que l'animosité que Monsieur l'Abbé *** & le Révérend Pére *** ont l'un pour l'autre y contribua un peu. Je voulus voir qui médisoit le plus justement ; & aprés avoir tout pesé le plus équitablement que je pûs, je trouvay que les choses étoient bien égales. Monsieur l'Abbé prêcha le matin à Saint *** & le R. P. aprés dîné à son Convent. Heureusement c'é-

toit le pardon des Ennemis : & je vous
avoüe que ce ne fut pas un médiocre
plaisir pour moy de leur entendre prononcer tant d'Anathémes contre ceux
qui ne se pardonnent pas ; eux qui ont
si peu de disposition à se pardonner, &
qui se déchirent avec un déchaînement
qui va jusqu'à la fureur. Ne me demandez point qui prêche le mieux ; en verité, Madame, j'aurois de la peine à
vous répondre : mieux, suppose un bien
que je ne trouvay ni dans l'Abbé ni
dans le Moine ; & je fus si peu édifié
de tous les deux qu'en passant aux Tuilleries pour aller à l'Hôtel de * * * où
j'étois prié de me trouver, pour entendre un Panegyrique du Roy, je ne pûs
m'empêcher de faire cette Epigramme
sur la justice que ces Prédicateurs se rendent réciproquement.

Il n'est point d'équité que n'efface la vôtre ;
  Elle est hors de comparaison :
Que de mépris vous avez l'un pour l'autre,
  Et que vous avez de raison !

Peut-être croyez-vous que la beauté du Panégyrique me dédommagea de la médiocrité des Sermons : & si vous le croyez, c'est (sans peut être) le plus franc jugement téméraire que vous ayïez fait de vôtre vie. Ce Panégyrique étoit en Vers, prétendus héroïques, mais qui de bonne foy ne l'étoient guéres : & si nous étions encore dans le tems où le jeu de mots étoit permis, je vous dirois que jamais Héros ne fut loüé moins héroïquement. Je ne me souviens pas d'avoir jamais veu une Assemblée de Gens mieux choisis. Il me semble que je vous voy rire sous cape , & que je vous entends malicieusement dire en vous même qu'il faloit que je n'en fusse donc pas. J'en étois, pour ainsi dire , sans en être : je m'étois rangé à un petit coin d'où je voyois tout , & (qui pis est) d'où j'entendois tout, sans être vû de personne. Le plaisir qu'on prend à entendre l'Eloge du Roy étoit peint sur le Visage des Auditeurs : & je puis vous assurer, sans exagération , qu'on voyoit dans leurs yeux d'heureuses dispositions à bien applaudir : mais plus ils avoient de bons desseins, plus l'Au-

teur fut mortifié de leur filence ; & je
ne fçay comment il fe feroit tiré de cet
embarras, fi par bonheur pour luy, & pour
nous, la Mémoire ne luy eût manqué.
Vous jugez bien, Madame, qu'ayant
été auffi mal fatisfait du Poëte que des
Prédicateurs je luy devois une reconnoiffance égale. Je m'en acquitay avant
que de fortir du coin où j'étois ; & fis
la feconde Epigramme que vous allez
voir.

Lors que P. * * * s'embarqua
A célébrer du Roy la Valeur, la Juftice,
　　Sa Mémoire qui luy manqua
　　Luy rendit un fort bon office.

Le refte du jour me fut plus favorable. Je foupay & joüay au Trictrac avec
vôtre Amy Raifin, qui feroit trop fier
s'il fçavoit l'aveu que vous m'avez fait
que vous l'aimez de tout vôtre cœur.
Il me fit boire de parfaitement bon Vin,
& perdit un Loüis-d'or : peut-on mieux
faire les honneurs de chez-foy ? Sa femme, qui n'eft pas moins agréable que

luy, vous enchantera dans un Rôlle qu'elle doit joüer après-demain dans la Tragédie de Tiridate. Quand elle seroit effectivement la Princesse qu'elle represente il seroit mal-aisé de la faire plus naturellement. Venez la voir, &. vous en serez aussi persuadée que vous devez l'être du respect sincére avec lequel je suis, Madame, Vôtre trés-humble & trés obéïssant serviteur.

A MADAME

LA MARQUISE DE B....
Sur l'Indigence du Théatre.

D'Où vient, Madame, que vous me faites l'honneur de vous adreſ-ſer à moy, pour vous gendarmer con-tre la Comédie ? Eſt-ce ma faute ſi Monſieur Racine ſe donne à des occu-pations plus ſérieuſes ; ſi Baron ſe reti-re ; & ſi Raiſin meurt ? Rendez-moy ces trois hommes, inimitables chacun dans leur genre, & je vous garentis le Théa-tre auſſi floriſſant que jamais il ait été. Vous dîtes qu'on les remplace : eſt-ce une choſe facile ; & dans quelque pro-feſſion que ce ſoit, croyez-vous que les excellens hommes ſoient communs ? Pour moy, qui ne croy pas qu'un cer-tain nombre de mots & une rime au bout, ſoient des Vers, je ne croy pas auſſi que tous ceux qui parlent à la Comédie ſoient Comédiens : Pour bien faire des Vers il faut les ſçavoir tourner comme fait Racine ; & pour être ce qu'on appelle des Comédiens, l'être comme Baron & Raiſin. En un mot, Madame, pour avoir un plaiſir parfait à la Comédie, il y faut de bonnes Piéces, & qu'elles ſoient bien repréſentées : & c'eſt ce que vous n'y trouvez plus. A vous dire vray, la jeuneſſe de la Châmeſlé, la grace de Baron, & les fréquentes nouveautez que donnoit Racine faiſoient un parfaitement bel effet ſur le Théatre. Je n'ay rien vû depuis dont on puiſſe faire une juſte comparaiſon. Racine diſoit des choſes, au lieu que ceux qui tâchent à l'imiter ſe contentent de dire des paroles ; & ſi quelques Piéces ont réüſſi, il y a eu plus de Conſtellation que de mérite. Remarquez, s'il vous plaît, Madame, que je ne vous parle que de vôtre tems. Si je remontois un peu plus haut, je trouverois Corneille & Moliére qui ſont au deſſus de tous les éloges qu'on leur peut donner ; l'un à qui Racine auroit cédé pour le Serieux ; & l'autre

à qui tout le monde doit ceder pour le
Comique. J'ay affez d'eftime pour leur
Mémoire pour ne rien dire de plus :
j'aime mieux laiffer parler leurs Ouvrages. Je fçay que ce n'eft pas vous faire ma Cour de donner la préférence à
Corneille fur Racine , & qu'étant fon
Amie comme vous l'ê   , il vous eft
aifé de croire ce que vous fouhaiteriez
qu'il fuft : mais quelque déférence que
j'aye pour vos fentimens, j'ay le malheur de ne pouvoir déguifer les miens;
& fuppofé entr'eux une égalité de mérite, Corneille étant venu le premier,
& ayant purgé le Théatre de la Barbarie qui s'y étoit introduite, je croy que
le premier Rang luy eft légitimement
dû. Non que je m'arrête à ces Paralel-
les que l'on fait courir, où la paffion
dérobe toûjours quelque chofe à la Juftice : fi Corneille trouve moins de Gens
qui l'imitent que Racine, c'eft peut-être
qu'on s'y attache avec moins de foin;
& fi j'avois l'Eloge de Racine à faire,
les efforts que l'on fait pour l'imiter,
ne feroit pas le plus méchant endroit
que j'y puffe mettre. Pour revenir au
Théatre, je conviens avec vous qu'il a
un

un peu dégénéré de ce qu'il étoit, & que dans toutes les Piéces nouvelles qui ont été faites depuis dix ans, il y a eu peu de nouveauté. Soit que les Sujets soient épuisez, ou que ceux que l'on traite fournissent de quoy tomber naturellement dans des Scénes qu'on a déja vûës, il me semble que je ne voy rien qui n'ait du rapport à ce que j'ay vû : & je ne puis m'empêcher de dire à la gloire de Racine, que tout ce qu'il a fait a toûjours été nouveau, & que loin de ressembler à qui que ce soit, il a été assez Maître de son Génie pour ne faire aucune Piéce où il ait voulu se ressembler luy-même. Quant à l'objection que vous me fistes Samedy dernier, & que vous renouvellez dans la Lettre que vous m'avez fait la grace de m'écrite, je n'ay autre chose à y répondre que ce que je pris la liberté de vous dire à Saint Clou. Toutes les fois que vous allez à la première Représentation d'une Piéce Sérieuse, vous croyez, dites-vous, aller à Athénes ou à Rome : vous ne trouvez en vôtre chemin que Grecs & Romains, encore sont-ils tout défigurez depuis que Corneille &

C c

Racine ne les font plus parler. Il vous semble que les Auteurs qui ne peuvent faire tenir le même langage à leurs Héros, feroient mieux de les choisir dans un Païs où l'on ne les ait pas tant mis en œuvre ; & vous dites qu'un Grand homme de nôtre France dont la Vie seroit pleine de belles Actions, & qu'on feroit parler comme naturellement les honnêtes Gens y parlent, feroit pour le moins autant de plaisir à voir, que des Héros dont les Noms paroissent tout usez à force de les entendre répéter. Trouvez bon, Madame, que je vous guérisse d'une erreur que j'ay euë avant vous, & dont je ne fis abjuration qu'après en avoir fait pénitence. Je ne voy rien dans nôtre Langue de plus agréable que le petit Roman de la Princesse de Cléves : les Noms des Personnages qui le composent sont doux à l'oreille & faciles à mettre en Vers : l'intrigue intéresse le Lecteur depuis le commencement jusqu'à la fin ; & le cœur prend part à tous les évenemens qui succédent l'un à l'autre. J'en fis une Piéce de Théatre dont j'espérois un si grand succez, que c'étoit là

fonds le plus liquide que j'euſſe pour
le payement de mes Créanciers, qui
tombérent de leur haut quand ils ap-
prirent la chûte de mon Ouvrage. Fai-
tes-moy la grace, Madame, de ne point
trembler pour eux : je les ſatisfis l'Année ſuivante ; & comme la Princeſſe
de Cléves n'avoit paru que deux ou
trois fois on s'en ſouvint ſi peu un an
aprés que ſous le nom de Germanicus
elle eut un ſuccez conſiderable. J'avois
pris cependant toutes les précautions
poſſibles pour faire réüſſir la Princeſſe
de Cléves ; & perſuadé qu'il eſt dangereux d'expoſer de trop grandes nouveautez, je croyois qu'un Prologue que
je fis pour préparer les Auditeurs à ce
qu'ils alloient voir me les rendroit favorables ; mais leurs oreilles ne pûrent
s'accommoder de ce qu'elles n'avoient
pas coûtume d'entendre ; & le Prologue attira plus d'Applaudiſſemens que
la Piéce. Comme le Théatre commençoit déja à montrer ſon indigence, &
que la mort de Moliére l'avoit privé
d'un Ornement qu'il ne recouvrera jamais, peut-être ne ſerez-vous pas fâ-
chée de voir un fragment de ce Pro-

logue. Je feins que la Renommée rencontre Melpoméne, la Muse de la Tragédie, qui réve dans une Solitude, à qui elle dit :

LA RENOMME'E.

D Equoy dans ces beaux lieux s'entretient
    Melpoméne ?
Quel Ouvrage nouveau va briller sur la Scéne ?
A quel grave sujet s'occupe son loisir ?

MELPOME'NE.

Ah ! Déesse, autrefois j'en avois à choisir :
Et ta bruyante Voix, illustre Renommée,
A répandre ma gloire étoit lors animée.
Maintenant, je l'avoüe, on ne void rien de moy
Qui paroisse à mes yeux digne de ton employ.
Le Théatre François où mes heureuses Veilles
Ont de tant d'Auditeurs enchanté les Oreilles ;
Tant de fois étalé des spectacles Pompeux ;
Et de mes Nourissons rendu les Noms fameux ;
Par sa stérilité me reproche la mienne,
Et n'a plus aujourd'huy d'Appuy qui le soûtienne.

LA RENOMME'E.

Et quoy ! fous un Héros qui remet les beaux
    Arts

Dans un éclat plus grand que du Tems des
    Céfars ;

Sous un Roy fi puiffant , fi glorieux , fi jufte ,

Dont la fuperbe Cour ternit celle d'Augufte ;

Sous un Roy qui fans ceffe occupe mes cent
    Voix ,

Et qui n'a point d'égaux , quoy qu'il foit tant
    de Rois ;

Eft-il quelque Talent qui doive être inutile ?

Aux Mufes dans fon Louvre il accorde un Azile ;

De ces Filles du Ciel fe déclare l'Appuy ;

Veut que pendant fon Régne elles régnent fous
    luy ;

Et par une bonté qui jamais ne le quitte

Du haut de fa Grandeur tend la Main au Mérite.

Senfible à fes Bienfaits , fors de cette langueur :

Redonne à fes plaifirs ta première vigueur ;

Et promets de ma part une gloire immortelle

A qui , pour ce Héros fera voir plus de zéle.

MELPOME'NE.

Si le zéle fuffit pour charmer ce grand Roy ,

Qui pourra s'en flater plus juftement que moy ?

En est-il un pareil à celuy qui m'anime ?

Apprens de ma langueur la cause légitime.

L'Histoire, où tant de fois pour remplir mes
　　projets

J'ay trouvé de grands Noms , & pris d'heureux
　　Sujets ,

Comme Andromaque , Oedipe , Iphigenie , Ho-
　　race ,

Où chaque Passion parle avec tant de grace :

L'Histoire, où des Héros les Exploits éclatans

Sçavent se garentir des Insultes du Tems ,

Si souvent dépoüillée en faveur de la Scéne

N'offle plus à mes yeux d'Action qui surpren-
　　ne.

On a vû par mes soins en Vers doux & pom-
　　peux

Ce que Rome & la Gréce ont eu de plus fa-
　　meux :

Et j'ay même emprunté chez un Peuple Barbare

Un des beaux Ornemens dont la Scéne se pare :

Mais quoi-que Bajazet justifie un tel choix

Ce sont des libertez qu'on ne prend qu'une fois ;

Et de quelques Talens dont le Ciel m'ait pour-
　　vû

J'ignore en quel endroit je dois fixer ma Vûë.
Toy, qui vois d'un même œil toutes le Nations,
Qui rens par tout justice aux grandes Actions,
Et tires de l'Oubly dont la Mort est suivie
Ceux de qui les Vertus ont signalé la Vie :
Marque moy le Climat où je dois m'arêter.
Voy, quel Illustre Nom tu veux ressusciter,
Parle.

LA RENOMME'E.

Pour t'occuper n'est-il point de Grand homme
Si tu ne le choisis dans Athéne ou dans Rome ?
Et depuis si long-tems que la France a des Rois
Ne s'en trouve-t-il point qui mérite ton choix ?
Est-il de la Vertu de plus fameux Modelles ?
Trouves-tu chez les Grecs des Actions plus
    belles ?
Ou plûtôt dans la France un monstrueux Re-
    pas
A-t-il vû le Soleil retourner sur ses pas ?
Y voit-on une Fille, en proye à sa colére,
Faire passer son Char sur le Corps de son Pére ;
Et d'un geste inhumain dans cet horrible Em-
    ploy,
Animer ses Chevaux qui reculoient d'effroy ?

A-t-on vû dans la France, au fort de sa misére,

Par un excez de Rage une barbare Mére

Aprés mille baisers & donnez & rendus,

Egorger son Enfant pour vivre un jour de plus ?

Ces crimes dont jadis a frémi la Nature

Ne soüillérent jamais une Terre si pure :

Si quelques Passions y régnent tour-à-tour,

C'est celle de la Gloire, & celle de l'Amour.

Quitte la ruse Grecque, & la fierté Romaine,

Choisis quelque grand Nom sur les bords de la
     Seine.

Si ton bùt est d'instruire, où r'encontreras-tu

Une plus éclatante & plus haute Vertu ?

C'est-là que tu verras un Héros véritable·

Surpasser en Valeur ceux qu'inventa la Fable.

C'est-là qu'un jeune Aiglon qui n'a point de
     pareil

D'un regard assuré voit l'éclat du Soleil :

Montre une Ardeur pour luy, que rien ne peut
     éteindre ;

Et tout-haut qu'il puisse être espére de l'at-
     teindre.

MELPOME'NE.

Je n'ay attendu le secours de ta voix

Pour

Pour tourner tous mes Vœux du côté des Fran-
    çois :

Mais, me répondras-tu, qu'on permette à ma
    Veine

D'étaler en public leurs grands Noms fur la
    Scéne ?

Le Refpect qu'on leur doit . . . .

LA RENOMME'E.

Leur en manqueras-tu

De faire à tout le Monde admirer leur Vertu ?

Lors que tu fis Cinna , ce Poëme fi jufte ,

Donnas-tu quelque atteinte à la gloire d'Au-
    gufte ?

Et Pompée au Théatre eft-il moins refpecté

Que quand l'Aigle Romaine alloit à fon côté ?

D'un fcrupule fi vain leve le foible obftacle.

Quand les Grecs autrefois fe donnoient un fpe-
    ctacle ,

Contens de leurs Vertus, trouvoient-ils à propos

D'aller chez leurs voifins emprunter des Hé-
    ros ?

Quoy qu'on fafle de beau ; la lenteur de l'Hi-
    ftoire

Ne promet aux grands Noms qu'une tardive
    gloire ;

D d

Au lieu que le Théatre a des effets prélens,
Plus connus en dix jours que l'Histoire en dix
 ans.

Retrouve en sa faveur une Plume pareille
A celle dont le Ciel fit present à Corneille;
Et pour luy faire un sort aussi beau que le sien
Prête luy ton secours, & répons-luy du mien.
Comme j'ay de Racine assuré la Mémoire,
Et placé son Génie au Temple de la Gloire,
J'offre les mêmes soins aux esprits délicats
Qui dans la même Route iront d'un même pas.
Voy, qui tu veux choisir pour marcher sur leurs
 traces.

MELPOME'NE.

Le Ciel à peu de Gens fait de pareilles graces.
A peine en tout un Siécle en voit-on deux ou
 trois
Dignes de ton suffrage, & dignes de mon choix;
Depuis combien de tems la fidéle Thalie
Dans un Habit lugubre est-elle ensevelie,
Le front ceint de Cyprés, les yeux baignez de
 pleurs,
Sans qu'un autre Moliére appaise ses douleurs?

Dans les Siécles passez comme au Siécle où nous
   sommes

La Nature étoit lente à faire de Grands Hommes ;

Et l'aimable Thalie a long-tems à pleurer

Avant que son malheur se puisse réparer, &c.

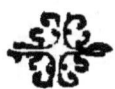

Voila, Madame, tout ce que j'en ay
retrouvé, & c'en est assez pour vous
faire connoître combien je voyois de
difficulté à mettre de pareils Noms sur
le Théatre. Quoique la Seine soit plus
abondante, & roule une plus belle Eau
que le Tibre, elle n'a pas tant de grace dans la Poësie ; & vous m'avoüerez
qu'Amiens, Abbeville, Roüen, Auxer-
re, Dijon & Grenoble n'ont rien de si
héroïque que Rome, Albe, Cartage,
Numante, Athéne & Corinthe. Pardon, Madame, si je vous méne si loin
pour vous y laisser : deux de mes Amis,
que vous n'aurez pas de peine à reconnoître quand vous sçaurez qu'ils me
viennent prendre pour aller à Berny,
m'arrachent la plume des mains ; & ne

me laissent que la liberté de vous assurer qu'on ne peut être avec plus de
respect que je le suis, Madame, Vôtre
trés-humble & trés-obéïssant serviteur.

LETTRE SOLIDE,
d'un Beaupere à sa Bru.

QUoy, vous ne me voulez jamais croire, & tout ce que je vous dis & rien est la même chose ! Qui m'oblige à vous parler comme je fais que l'interêt que je prens dans ce qui vous regarde ; & si vous me touchiez de moins prés que m'importeroit que vous fussiez raisonnable ou que vous ne le fussiez pas ? Vous avez plus d'esprit qu'on a coûtume d'en avoir à vôtre âge ; & je ne sçay point d'âge où l'on ait moins de raison que vous en avez. Un de mes étonnemens est qu'on puisse être sage & folle tout à la fois : & qu'il y ait tant de travers dans vos maniéres, & tant de droiture dans vôtre cœur. Je sçay bien que la jeunesse est le tems de la joye & des plaisirs, & qu'il y auroit de l'injustice à vous empêcher d'en prendre, sur tout quand ils sont aussi

D d iij

innocens que ceux que vous prenez: mais vous ne fçavez pas que les plus innocens ceffent de l'être quand on en fait un continuel ufage ; & qu'il vaudroit mieux en avoir un peu moins, & vous affûrer la fatisfaction d'en avoir toûjours. Pendant que la Fortune vous eft favorable ménagez-la fi bien qu'elle ne vous quitte jamais ; & ne prodiguez point les graces qu'elle vous fait, de peur qu'elle ne vous les retire. Il faut fi peu de chofe pour l'irriter, & fa colere dure fi long-tems qu'il feroit quelquefois plus avantageux de ne l'avoir jamais connuë que de s'expofer à être mal avec elle. Quelque jeune que vous puiffiez être, vous ne l'êtes plus affez pour ne fonger uniquement qu'à vous divertir : vous devez une partie de vos momens aux foins de vôtre ménage ; & quand on eft Mére il eft tems de commencer à être raifonnable. Eft-ce l'être que de ne s'inquiéter de rien, comme vous faites : & fe peut-il qu'avec tout l'efprit que vous avez, on ne puiffe vous mettre dans la tête que les Enfans & les foucis des Péres & des Méres fon ordinairement de même âge ? Ayez-en donc un peu je vous prie. Grand-pére (à ce que je crois) de l'aimable petite Fille à qui vous avez donné le jour, je suis obligé en conscience de vous dire ce que je vous dis : & d'ajouter même que si elle est élevée auprés de vous , rien n'est plus contagieux que l'exemple. Je suis trés-persuadé que sur le chapitre de la Pudeur vous ne pouvez luy en donner que de bons : mais, à voir les dispositions où vous êtes, j'ay bien peur que vous ne soyïez pas revenuë des divertissemens quand elle sera en âge d'en prendre ; & peut-être serez-vous la premiére à trouver mauvais qu'elle suive une route que vous luy aurez tracée. Pour luy donner des Armes contre vous, si quelque jour vous la querellez d'être sensible aux plaisirs, & vous faire voir que ce sera moins sa faute que la vôtre ; à peine commencera-t-elle à bégayer que je luy apprendray la Fable que vous avez ouïe dans la Comédie d'Esope , & qu'une Mére ne sçauroit entendre trop de fois.

D d iiij

L'ECRE'VISSE ET SA FILLE.

F A B L E.

L'Ecrevisse une fois s'étant mis dans la tête
Que sa Fille avoit tort d'aller à reculons,
Elle en eut sur le champ cette réponse honnête ,
    Ma Mére, nous nous ressemblons :
    J'ay pris pour façon de vivre
    La façon dont vous vivez ;
    Allez droit si vous pouvez ,
    Je tâcheray de vous suivre.

REPONSE GALANTE
de la Bru à son Beau-pere.

QUoy, ne me rendrez-vous jamais justice, & croirez-vous toûjours que vos Leçons me sont indifferentes? Je ne sçay personne qui les suive plus exactement que moy, & qui s'en fasse un plaisir plus grand. Il est vray que je ne les suy pas toutes à la fois ; & cela me siéroit mal aussi. Vous en donnez de galantes pour l'âge galant : si je n'en profitois à dix-huit ans en quel tems les pourrois-je mettre en usage ? J'aurois bonne grace de songer à amasser de l'Argent dans un âge où je ne souhaite en avoir que pour en dépenser ; & il me seroit beau voir, pour assurer à ma Fille une vie heureuse, avoir l'impertinente Sagesse de luy sacrifier les moment les plus agréables de la mienne. Je vous suis redevable des bons sentimens que vous avez pour elle. Vous parlez en

Grand-pére bien intentionné : & si Dieu
me fait la grace de vivre assez long-tems
pour être Grand-mére je ne manqueray
pas de dire à mon Gendre ce que vous
dites à vôtre Bru. Jusques-là vous me
permettrez de ne laisser échaper aucun
des plaisirs que je pourray prendre avec
bienséance ; & de remettre la morale
de vôtre Fable de l'Ecrévisse à une autre fois. Avant que ma Fille puisse entendre ce que c'est qu'aller à reculons
sa Mére ira si droit qu'elle ne s'égarera
jamais à la suivre. Je demeure d'accord
que si je vous touchois moins il vous
importeroit peu que je fusse plus raisonnable ; & pour répondre à vôtre
honnêteté je vous diray de bonne foy
que si je ne la suis pas davantage, c'est
par la considération que j'ay pour vous.
N'est-ce pas vous qui m'avez appris que
le chagrin étoit inséparable de la raison :
& non content de me le persuader en
Prose , pouvez-vous disconvenir que
vous n'ayïez mis ces Vers dans la bouche d'une Fille de mon âge à

Dans les heureux momens que m'offre le de-
stin,
Je vous l'ay déja dit, & je vous le repete,
Je ne veux point aller au devant du chagrin ;
Il vient toûjours plûtôt que l'on ne le sou-
haite.

Ne me dites point ce que vous faites dire à une vieille Confidente ; que

Souvent quand on sçait le prévoir
On l'évite par sa prudence.

Ou trouvez bon que je vous réponde ce que vous faites répondre vous-
même à la jeune Personne à qui vous
donnez tant d'enjoûment & d'esprit,

N'est-ce pas un chagrin que cette prévoyance,
Et même un des plus grands que nous puissions
avoir ?
Ne se mettre rien dans la tête
Et prendre le Tems comme il vient
C'est, si l'on vous en croit, vivre comme une
bête ;

Et la plûpart du Monde avec vous le soûtient :

       Trop heureux qui pourroit l'être

       En bien des occafions !

       On ne fçauroit qu'aimer , & paître ,

Et l'on ignoreroit les autres paffions.

La raifon qu'on nous vante , & qu'on trouve
    fi belle ,

Loin d'être un fi grand bien eft le plus grand
    des maux :

       Le pur inftinc des Animaux

       Eft bien plus raifonnable qu'elle.

Guerre, procez , vieilleffe, infirmité, trépas ,

       N'ont rien qu'un Animal redoute :

       S'il luy vient du bien il le goûte ;

Et s'il luy vient du mal il ne le connoît pas.

La Nature envers l'homme eft beaucoup plus
    avare ;

Le bien qu'elle luy fait eft trop proche du mal :

En le faifant Sçavant elle le rend bizarre :

En le faifant Vaillant elle le rend brutal.

L'Animal au contraire a toûjours l'ame égale ;

De tout ce qu'il rencontre il fe fait des plai-
    firs :

Et s'il a de l'Amour il remplit fes defirs

Sans bleffer la pudeur ni la foy conjugale.

La joye est le vray bien ; tous les autres sont
    faux ;

Où je ne la vois point rien ne sçauroit me
    plaire :

Si l'on met cette pente au rang de mes des-
    fauts

Je ne vous promets pas de si-tôt m'en dé-
    faire.

              ※

Vous m'avez mandé que vous êtiez
obligé en conscience de me dire tout ce
que vous m'avez dit : Parlez-moy encore en conscience ; & dites-moy si à
mon âge il y a rien de moins raisonnable que de chercher à avoir de la raison, puisqu'elle & le chagrin ne vont
jamais l'un sans l'autre ? Laissez-moy, je
vous prie, joüir de l'avantage que j'ay
de n'en avoir guéres : & ne me donnez rien qui soit d'un moindre prix que
ce que vous m'ôteriez. Si la raison est
ennemie de la joye, je consens de tout
mon cœur à être ennemie de la raison.
Quand même il devroit m'arriver quelque disgrace j'aimerois mieux en être
surprise que de la prévoir. C'est un des

motifs qui m'a empêché de faire tirer
mon horofcope : je ne veux rien apprendre qui m'inquiéte ; & je m'imagine que c'eft moy que vous avez voulu
faire parler dans les Vers que je vais
mettre icy, tant ce caractere & le mien
font reffemblans.

Il m'eft avantageux qu'on ne me dife rien
De ce qui m'eft nuifible, ou qui m'eft favora-
　　ble :
Je ne veux point languir dans l'attente d'un bien :
Ni fouffrir par avance un mal inévitable.
Je vois toûjours le Sort aller fon même train ;
　　　Ordinairement il envoye
　　　A la jeuneffe de la joye ,
　　　A la Vieilleffe du chagrin.
Jouïffons des plaifirs que l'âge nous prefente
Sans nous inquiéter de ce qui vient après :
La Folie à vingt ans a pour moy plus d'at-
　　traits
　　　Que la Sageffe à foixante.
Voila, mon cher Beaupére , où je veux m'en
　　tenir :
Je conviens avec vous qu'il eft beau d'être
　　Sage ;

Mais comme d'ordinaire on ne l'eft qu'avec
   l'âge
Je ne veux pas encor fi-tôt le devenir.

J'ay crû ne vous pouvoir oppofer de
meilleures raifons que les vôtres, ni
vous mieux faire connoître combien
vos Vers me font de plaifir que par celuy que je prens à vous les redire.

A MONSEIGNEUR
LE MARQUIS
DE LOUVOIS,

Secretaire & Miniſtre d'Etat.

LETTRE ET VAUDEVILLE.

Monseigneur,

Il n'y a pas un Poëte qui ne ſoit monté ſur le Parnaſſe pour féliciter en Langage des Dieux un Roy qui les vaut bien, & même quelque choſe de plus. Mons qui paſſoit pour une Ville imprenable, & qui le ſeroit effectivement à tout autre qu'à luy, ne tient plus, à ce que nous a dit la Renommée, que

par

par bienséance ; & comme elle se van-
toit d'être Pucelle elle croit devoit encore faire quelques petites simagrées
avant que de se rendre. Je ne sçay,
Monseigneur, quel nom l'on vous donnera quand son Pucelage sera perdu :
c'est vous qui, pour ainsi dire, en avez
maquignonné la prise ; & vous aviez
donné de si bons Ordres pour empêcher qu'elle ne fust secourue, que si elle est forcée c'est moins à elle qu'elle
s'en doit prendre qu'à vous. Toute l'Europe va garder ses Places à vûë : vous
n'en muguettez aucune dont l'honneur
ne soit bien avanturé ; & puisque les
Pucelles tiennent si peu, quand vous
vous en mêlez, je laisse à penser combien résisteront celles qui ne le sont pas.
Il est vray, Monseigneur, que vous tra-
vaillez pour un Maistre-Sire : il n'y a
rien à quoy LOUIS LE GRAND,
dise non : Pallissades, Fossez, Ramparts,
Bastions, Citadelles, rien ne luy fait
peur ; & quand il auroit envie d'être
Maréchal de France je ne croy pas qu'il
pût être plus grand Capitaine. Que de
loüanges il va recevoir ; & que de Gens
dans cinq ou six jours luy diront en

E e

Vers & en Profe que la Pucelle dont il
eft venu à bout vaut mieux que les Cinquante qui ont immortalifé la Valeur
d'Hercule ! Ce ne fera qu'Odes, Epi-
grammes, Stances, Madrigaux, Son-
nets : & je ne doute point que s'il étoit
obligé de lire tous les Eloges qu'on luy
donnera, ou de prendre une feconde
Ville l'un ne luy fuft plus aifé que l'autre. Pour moy, Monfeigneur, qui crains
d'être écrafé parmi la foule, & de qui
les Vers ne feroient peut-être pas re-
gardez quand on en verroit de meilleurs, je prens les devans : & au lieu
de vous envoyer des Vers pompeux fur
la prife de Mons je vous envoye un
fimple Vaudeville fur ce qu'on ne l'ofe
fecourir. Vous croyez, peut-être, que
je vais trés-humblement vous fuplier
de le faire voir au Roy ; point du tout :
l'unique grace que je vous demande c'eft
d'avoir la bonté d'en envoyer une Copie aux Grivois de l'Armée ; & Sa Majefté les fçaura bien-tôt fans qu'elle ait
la peine de les lire. Jamais elle n'a été
loüée plus naïvement : mais, Monfei-
gueur, à la Guerre comme à la Guerre.

VAUDEVILLE.

Le Statouder de Hollande
Et tant d'autres Rodomons,
Disent tous, quand on leur mande
D'aller au secours de Mons;
    Je ne sçaurois :
Louïs le Grand y commande
    J'en mourrois.

C'est à vous à le deffendre
Monsieur de Gastanaga, *
Ou bien l'Alpha de la Flandre
En deviendroit l'Omega ;
    Je ne sçaurois
Me resoudre à l'entreprendre :
    J'en mourrois.

Avant que l'on Capitule
Songez à vôtre devoir ;
Louïs se fait un scrupule
De s'en aller sans vous voir.

* Gouverneur des Païs-bas.

           E e ij

Je ne sçaurois
Avaler cette pilulle,
J'en mourrois.

Si l'on n'oppose une Digue
Au Torrent de ses Exploits,
Son Bras, que rien ne fatigue,
Va tout ranger sous ses Loix :
Je ne sçaurois ;
Répond l'Impuissante Ligue,
J'en mourrois.

C'est ainsi que voulant mettre
Un Grelot au cou du Chat,
Eh, qui voudroit s'y soûmettre ;
Pour moy, dit un maître Rat,
Je ne sçaurois :
Ce seroit trop me commettre,
J'en mourrois.

Voila, Monseigneur, une véritable
Chanson à être chantée par des Drilles ;
& si vous trouvez à propos de la leur
abandonner jamais les Cent Voix de la

Renommée n'ont fait tant de bruit. Peut-être même seroit-il assez grand pour retirer le Prince d'Orange de sa léthargie; & s'il étoit homme à tenter le secours de cette Place, nous aurions bien-tôt à la prise d'une Ville ajoûté le gain d'une Bataille. Vous en ferez ce qu'il vous plaira : mais quoi-que vous en fassiez souvenez-vous de l'endroit où je vous assure avec tant de verité & de respect que je suis,

MONSEIGNEUR,

Vôtre trés-humble & trés-obeïssant serviteur.

A MONSEIGNEUR
DE BOUCHERAT,
Chancelier de France.

MONSEIGNEUR,

Un aussi grand Chancelier de France que vous l'êtes, dont le Mérite est encore plus haut que la Dignité, a plus de plaisir à faire toûjours des graces qu'à révoquer celles qu'il a faites. Il vous a plû, Monseigneur, m'accorder un Privilége pour faire imprimer toutes les semaines la MUSE ENJOÜE'E, & comme je ne doute point que Vôtre Grandeur, n'ait de la peine à reprendre ce qu'elle a une fois donné, j'aime mieux retrancher de ma Lettre ce que vôtre Modestie n'y sçauroit souffrir que de renoncer à l'honneur de joüir de vos bontez. Je vous la renvoye, Monseigneur, mais avec protestation, pour me vanger de la violence que vous me faites, de chercher un endroit plus favorable à dire tout ce que je sçay de vous. Au lieu de cinq ou six lignes que vous me forcez de rayer, je vais, malgré vous, me faire un plaisir de ramasser toutes les beautez de vôtre Vie : & quelque affront que mon Nom puisse faire au vôtre, l'Avenir qui respectera vôtre Mémoire, sera témoin du zele ardent & respectueux avec lequel je suis,

MONSEIGNEUR,

Vôtre trés-humble & trés-obeïssant serviteur.

GRANDE LETTRE,

DE DIFFERENTES NOUVELLES,

A MADAME

LA DUCHESSE
D'ANGOULESME.

MADAME,

Je me ferois fait un grand honneur & un grand plaifir d'envoyer toutes les femaines à Vôtre Alteffe dans fa Soli- tude de Mareüil LA MUSE ENJOÜE'E que je luy avois promife : mais, Mon- fieur le Chancelier qui m'en avoit ac- cordé le Privilége me l'a repris, & m'a ordonné de luy demander autre chofe. Apparemment que les Difeurs de nou- velles

velles ont eu peur que je n'en diſſe de
meilleures qu'eux, ou tout au moins
que je ne les débitaſſe plus agréablement. Vous voulez bien, Madame,
puiſque Monſieur le Chancelier reprend
ce qu'il donne, que je ne tienne pas
ce que je promets : & comme je ne
doute point qu'il n'ait eu de parfaitement bonnes raiſons, quoi qu'il ne les
ait pas dites, je n'en ay point d'autres
à employer auprés de vous pour excuſes. Il n'y avoit rien dont la plus ſcru-
puleuſe Vertu pût ſe formaliſer ; non
pas même la vôtre qui eſt la plus auſté-
re qui ſera jamais : & pour juſtifier ce
que je dis j'en envoye des Lambeaux
à V. A. où je la défie de trouver la
moindre choſe à reprendre. J'entens,
Madame, du côté des mœurs ; car du
côté de l'eſprit, je ne ſuis pas aſſez fou
pour me croire à l'abry de la cenſure.
Je crois vous avoir dit que je la dé-
diois à Monſeigneur le Duc de Bourgogne : oſe-t-on dire quelque choſe à
un ſi grand Prince qui ne ſoit accom-
pagné de tout le reſpect qu'inſpire ſa
Naiſſance ; & ne ſçay-je pas que c'eſt
un Dépôt précieux qui, pour ainſi di-

F f

dire, est gardé à vûë par toutes les Vertus ensemble ? Voicy, Madame, le petit Compliment que je luy faisois. Si vous y trouvez quelque chose qui vous blesse, c'est sans doute qu'il vous paroîtra trop modeste : mais j'ay été contraint de m'accommoder à la Vertu qui a le plus de pouvoir sur luy ; & j'ay mieux aimé ne pas dire la moitié de ce que je sçay que de faire entrevoir que je connoissois tout son Mérite.

Prince, autant aimable qu'aimé,
Beau, sage, honnête, enfin vers qui nôtre cœur vole,
De ce que tu promets tout le Monde est charmé :
Il ne tiendra qu'à toy de bien tenir parole.
Les sublimes Esprits qui te donnent leurs soins,
Te montrent tous les jours les beautez de l'Histoire :
Mais le Régne fameux, dont tes yeux sont témoins,
Est le plus droit chemin pour aller à la Gloire.
  C'est iceluy que ton Pére a pris,

Et que vont déformais prendre tous les grands-
    Hommes.

Toute l'Antiquité n'a rien d'un si haut prix

Que ce que nous voyons dans le Tems où nous
    sommes.

Louis, ce Roy si Grand, si craint, si respecté,

Qui surprend l'Univers par l'éclat de sa Vie,

        Et ne pouvant être imité

De tous les autres Rois s'est attiré l'envie;

Louis est justement la Leçon qu'il'te faut.

C'est le plus glorieux, le plus beau des Modéles.

Il en coûte dés soins pour s'élever si haut;

Mais qui descend d'un Aigle en doit avoir les
    Aîles.

De moindres Actions ne te suffiroient pas.

        Animé d'une illustre audace

        Le plus grand Héros de ta Race

A ta Valeur naissante offre le plus d'appas.

        Déja, l'ame émûë, allarmée,

De voir sans ton secours tant de Peuples vaincus

        Tu t'es plaint que Germanicus

        A ton âge étoit à l'Armée.

Modére un feu si beau qui nous paroît trop
    promt.

        Le Sang dont le Ciel t'a fait naître

                    Ff ij

De Lauriers immortels doit te couvrir le front ;
　　　Mais donne leur le tems de croître.
Si tu veux cependant employer ton loisir
A quelque amusement qui te soit profitable ,
Ma Muse va mêler l'utile à l'agréable
　　　Pour te donner plus de plaisir.

Mon Compliment fait , je montrois le plus respectueusement qu'il m'étoit possible que mon zéle pour ce jeune Prince n'étoit pas un zéle de fraîche datte : & pour ne rien dérober à V. A. je vais luy répéter mot à mot ce que je disois.

　　　Peut-être crois-tu que mon zéle
　　　Soit de création nouvelle ,
Je suis prêt à prouver par des témoins de foy
　　　Qu'il est de même âge que toy.
　　　Le jour que tu vis la Lumiére
　　　Tout le Parnasse eut de l'Employ ;
　　　Et ma Muse fut la prémière
Qui sur ce grand sujet complimenta le Roy.
Un Sonnet qu'elle fit eut un bonheur extrême :
Ton invincible Ayeul l'écouta , l'applaudit.

La Cour le trouva beau de même
Aussi-tôt que le Roy l'eut dit.
Puis qu'en naissant tu le fis naître,
Et que je t'ay promis de te prouver cela,
Je vais te le faire paroître
Tel qu'il parut en ce Tems-là.

Sur la Naissance de Monseigneur le
Duc de Bourgogne.

SONNET.

AU ROY.

Grand Roy, sur qui le Ciel répand grace sur grace,
Il ne manque plus rien à ta félicité :
Pour assurer le Monde à ta Posterité
D'un nouveau Conquérant il augmente ta Race;

Il est né ce Héros qui doit vanger la Thrace *
Du plus superbe joug qu'elle ait jamais porté,
Terrasser l'Hérésie & l'Infidelité ;
Et suivre le sentier que ta Valeur luy trace.

* Province où Constantinople est située.

F f iij

Quel Prince fur la Terre eft plus heureux que
   Toy ?

L'Europe avec refpect obéït à ta Loy ;

Et par tout à ta Gloire on éleve des Temples.

Si les Siécles futurs doutent de tes hauts Faits,

Tes Auguftes Enfans, inftruits par tes Exemples,

Pour s'immortalifer feront ce que tu fais.

Tu fçais, Prince charmant, qu'on a vû des
   Poëtes

      Paffer autrefois pour Prophétes :

Mais quelque obfcurité qu'ait pour moy le fu-
   tur,

Dire du bien de toy c'eft joüer à coup fûr.

Pour peu qu'à ton grand Cœur on offre de matiére

Rien n'eft plus affûré que ce que j'ay prédit :

Tu commences fi bien ton illuftre Carriere

Que je crains feulement d'en avoir trop peu
   dit.

Je feignois enfuite que ma Mufe alloit par tous les Climats chercher des

nouvelles dignes de luy être racontées :
& comme l'Armée de Flandre est la
plus proche j'en faisois le premier Article de son Voyage, dont V. A. me
permettra de ne luy rien dire en Prose, pour luy faire trouver plus d'agré-
ment dans les Vers.

Je vais en Flandre où je prévois
Que la Justice & la Victoire
Attendent que L o u i s leur prescrive ses Loix
Pour agir de concert à redoubler sa Gloire.
Guillaume, ce Roy prétendu,
Qui n'en est tout au plus qu'un fragile Fantô-
me,
Et qui dans peu de tems par le Ciel confondu
Comme Escamoteur de Royaume,
A son premier état rendu
Redeviendra simple Guillaume :
Ce Vainqueur de Peuple soûmis
Qui devoit contre nous faire le Diable-à-quatre,
Et qui loin de ses Ennemis
Enrage toûjours de se battre ;
Malgré ses grands desseins, tant de fois pu-
bliez,
Fait bien voir qu'il n'en a point d'autres
F f iiij

Que d'amuſer ſes Alliez

Qui feroient mieux d'être les Nôtres.

Sur tout CHARLES *a* & LE'OPOL ,

Qui loin de s'oppoſer au Vol

D'un Uſurpateur hérétique ,

Ont eux-mêmes prêté la main

A détrôner un Souverain

Qui ſeroit innocent s'il n'étoit Catholique.

Auſſi grands Princes qu'ils le ſont ,

Il ſera fâcheux que l'Hiſtoire

En diſant un jour ce qu'ils font

Ajoûte cette Ombre à leur Gloire :

Eux , qui par des Faits inoüis

Au ſaint joug de la vraye Egliſe

Verroient bien-tôt l'Europe entièrement ſoûmiſe ,

S'ils ſuivoient les pas de L o u ı s.

Quoy-que la plûpart des Muſes ſoient mal attelées, elles ne laiſſent pas d'aller fort vîte ; & plus leur Pégaſe eſt maigre plus le vent luy fait faire de che-

a Le Roy d'Eſpagne, & l'Empereur.

min. Il reſſemble juſtement à ces chevaux de Fiacre qu'on trouve devant le
Palais Royal, qui en moins d'une heure & demie vont de Paris à Verſailles:
au lieu que ſix chevaux pommelez at-
telez au Caroſſe d'un Prélat, & ravis
de ſe prélaſſer comme leur Maître, ont
tellement peur de mourir de gras fondu, qu'ils aiment mieux renoncer à la
gloire d'aller vîte qu'au plaiſir de ne ſe
pas fatiguer. Pégaſe, qui depuis la mort
de Monſieur Godeau *a* n'a été monté
par aucun Evêque, ayant perdu l'habitude d'aller doucement, fit paſſer ma
Muſe de Flandre en Bretagne en moins
de tems que je n'en employe à vous le
dire. Elle arriva à Breſt juſtement comme la flote en partoit ; & fut ſi char-
mée de ſa beauté que ſur le champ elle
en fit la deſcription que je vous envoye.

Louis aimé du Ciel, chéry de la Fortune,
A mis ſa flote en Mer, ſeur de l'Onde & du Vent,
    Elle eſt ſi bien avec Neptune
Que les Tritons & luy furent tous au devant.

  a Evêque de Vence, de l'Académie Françoiſe qui
a fait des Ouvrages de Poëſie admirables.

A ce Dieu Maritime elle paroît si belle

Qu'il est tout glorieux de l'avoir sur le dos,

 Eole par respect pour elle

 N'ose violenter les flots.

 Elle vogue avec tant de pompe

Qu'il semble que la Mer obéïsse à sa voix :

 Et si l'apparence ne trompe ,

Elle va triompher une seconde fois.

 L'orgueilleuse flote Ennemie

 A l'audace de se vanter

 D'être en état de tout tenter

 Pour réparer son Infamie.

 Mais de ses plus vigoureux coups

 Nous ne craignons aucun outrage :

 Fût-elle plus forte que nous

 Elle n'a pas tant de courage.

 Nous avons déja vû les Eaux

Engloutir son orgueil soûs leurs rapides ondes :

 Et le Débris de leurs Vaisseaux

Annoncer son malheur jusques en d'autres Mon-

 des.

 Ainsi tout ce qu'elle entreprend

 Dans sa course tumultueuse ,

Va rendre de LOUIS le triomphe plus grand,

Et de ses Ennemis la perte plus honteuse.

Le Ciel n'approuve point qu'on appuye un Tyran

  Contre un Monarque légitime :
  Toutes les Eaux de l'Océan
  Auroient peine à laver ce crime.
Il remet à L o u i s , le plus juste des Rois,
  Le soin d'en tirer la vengeance.
  (Pour les Actions d'Importance
  C'est toûjours de luy qu'il fait choix)
A cet ordre absolu sa volonté soûmise
Entreprond , exécute avec facilité :
On ira , s'il le faut , jusques dans la Tamise
  Punir son infidélité.
N'importe où nôtre Armée au Tyran soit fu-
  neste ;
Elle battra la sienne en tous lieux, prés & loin :
  Et puisque T o u r v i l l e en a soin
  La Victoire dira le reste.

Vous voyez, Madame, que ma Muse & moy, nous cherchions des nouvelles bien loin, pendant qu'il y en a-
voit à Paris les plus belles du monde.
Le Roy qui joint toûjours aux graces
qu'il fait une manière de les faire qui

en redouble le prix, & qui fait des choix si judicieux qu'il semble que l'Equité le conduise par la main ; donna hier des marques de son estime à deux hommes d'un si haut mérite que c'est vous en dire assez pour vous faire deviner leur Nom. Il en nomma un Ministre d'Etat, & donna le Cordon Bleu à l'autre. Je sens bien que je m'explique un peu trop, & que je vous ôte le plaisir de la surprise. En vous apprenant les graces que le Roy fit, V. A. entrevoit facilement que c'est aux Personnes que je vais luy dire.

La Déesse à cent Voix va par toute la France
    Causer un sensible plaisir.
Il semble qu'avec nous LOUIS d'intelligence
    Ait consulté nôtre désir.
Du sage BEAUVILLIER, dont il connoît le zéle,
    Ce victorieux Potentat
    A fait un Ministre d'Etat,
Pour l'attacher à luy d'une chaîne nouvelle;
    Je n'ose de ses qualitez
    Publier la moindre partie :
    Quiconque dit ses veritez

Se broüille avec sa Modestie.

Quoi qu'on voye à ses pieds les Vices abbatu s,

Plus il est Vertueux moins il veut le paroître :

Chacun connoît, admire, & vante ses Vertus,

    Hors luy qui craint de les connoître.

Quand on joint la Fortune à la splendeur du

    Sang,

      C'est sans doute un grand avantage :

      Etre humble dans un si haut rang

N'est pas une vertu qui soit bien en usage.

      Luy seul par l'usage qu'il fait

Des dons de la Nature & de ceux de son Maître,

Luy seul, dis-je, luy seul a trouvé le secret

De paroître plus Grand en le voulant moins être;

      Plus il prend de soin à cacher

      L'immensité de son mérite ,

      Plus il semble qu'il sollicite

Les bontez de L o u i s à le vouloir chercher.

Quelques Titres d'honneur qu'en luy seul on

    assemble,

Et de quelques Grandeurs dont il soit revêtu ;

Tout le Monde est ravy de voir si bien ensemble

      Et la Fortune & la Vertu.

N'eſt-il pas vray, Madame, que le Cordon-Bleu n'eſt pas plus mal-aiſé à nommer que le Miniſtre ; & que vôtre penſée a prévenu ce que vous allez lire ?

L'Illuſtre BOUCHERAT, qui depuis tant
   d'années
Avec tant de ſuccez rend ſervice à l'Etat,
     L'intégre & ſçavant Boucherat
Dont les Vertus en nombre égalent les journées ;
     Ce Grand Oracle de Thémis,
En qui les opprimez ont un Juge propice ;
       Et qui n'eut jamais d'Ennemis
       Que les Amis de l'injuſtice ;
De l'Auguſte LOUIS, qui d'un commun aveu
Devroit du Monde entier être le ſeul Monar-
   que,
     Receut hier le Cordon-Bleu :
Nos vœux briguoient pour luy cette éclatante
   marque.
     Rien n'imprime plus de reſpect
     Que cette marque favorite :
Rien ne diſtingue mieux, dés le premier aſpect,
Un homme diſtingué par un ſi haut mérite.

Quoy qu'on fasse pour luy, l'on ne peut faire assez.

Il n'est petit ni grand qui ne s'en réjoüisse :
Et si les Vœux publics sont toûjours exaucez,
Jusqu'à cent ans, au moins, il faut qu'il en
joüisse.

Je ne doute point, Madame, qu'a-
prés les grandes nouvelles dont je viens
de faire part à V. A. celle qui suit ne
luy semble extrémement petite. Mais il
suffit que le Roy y soit nommé pour
vous y faire trouver du plaisir. Peut-
être même que ceux à qui vous la re-
direz seront ravis de l'entendre, par la
raison qu'il n'y a personne qui ne soit
bien aise d'avoir le Portrait d'un si
grand Monarque ; & qu'on n'en a jamais vû de plus ressemblant ni de mieux
fait que celuy que je vais vous enseigner.

Comme ces jours passez je rodois par Paris
Pour recueillir ce qui s'y passe,
Un Peintre qui galope à la première Classe
Me fit voir un Tableau sans prix.

C'eſt le Portrait du Roy, que Perſon, jeune
   Peintre,

Qui paroît travailler avec un vieux pinceau,

A fait ſi reſſemblant, ſi fier, ſi grand, ſi beau,

Qu'on le croiroit le Roy s'il n'étoit dans un
   ceintre.

Il ſeroit mal-aiſé de rien voir de mieux peint.

    Tout eſt parlant dans ſon viſage.

Avec l'air qu'il luy donne il paroît qu'on le
   craint,

    Mais qu'on l'aime encor davantage.

Ses fidéles Sujets dans un profond reſpect,

Qui du bien de le voir font leur plus forte envie,

Pour joüir plus ſouvent de ſon Auguſte Aſpect,

    En demandent tous la Copie.

    On le grave, & l'on m'a choiſi

Pour faire en quatre Vers entrevoir ſon Hiſtoire:

De quelque peur d'abord dont j'aye été ſaiſi,

Mon zéle impétueux s'eſt eſt fait une gloire.

    Je ne ſçay ſi j'ay réüſſi.

    Les plus ſçavans Maîtres de Lyre

Trouvent qu'en quatre Vers on ne ſçauroit plus
   dire.

Pour vous les faire voir je les ay mis icy.

                  Pour

Pour mettre sous le Portrait du Roy.

QUATRAIN.

C'Eſt ce Roy glorieux qui donne azile aux
    Rois.
Qui combat les Tyrans. Qui détruit l'Hérésie,
Et qui s'eſt attiré par d'immortels Exploits
Tant d'Admiration, & tant de Jalouſie.

J'ajoûtois encore à la Lettre que j'écrivois à Monſeigneur le Duc de Bourgogne l'Apoſtille que vous allez voir, Madame, pour obliger cet aimable Prince à jetter les yeux ſur une Enigme qui n'échapera pas à vos clartez, ſi V. A. y jette un moment les ſiens.

Généreux & digne Héritier
De toutes les Vertus dont ta Famille eſt pleine,
    Ma Muſe demande quartier
    Juſqu'à la premiére ſemaine.
    Mon zéle pourtant me preſcrit,
    Pour t'égayer un peu l'Eſprit,
    D'ajoûter icy quelque choſe.

               G g

C'eſt une Enigme à deviner

Qu'avec reſpect je te propoſe :

A la Cour, comme ailleurs, on aime à ba-
diner.

ENIGME.

Souvent le Soleil eſt mon Père,

Et plus ſouvent encor l'Infirmité ma Mère.

    On m'enfante violemment.

Et quoi-que rien de grand, rien de recommandable

    Ne me rende eſtimable,

A peine ſuis-je né qu'on me fait compliment.

***

Ainſi tous les huit jours, Fable, Nouvelle, ou
Conte

A t'amuſer une heure emploiront leur pouvoir :

Et LA MUSE ENJOÜE'E ira te rendre
compte

De ce que par le Monde elle aura pû ſçavoir.

Vous jugez bien, Madame, que je
n'aurois pas manqué à ce que je pro-

mettois au plus aimable Prince du Monde si l'on m'eût laissé la permission de
luy tenir parole ; & qu'après les hommages de Versailles, ma Muse se seroit
fait un devoir de prendre la route de
Mareüil, pour continuer à vous donner
des marques du zéle sincére & respectueux avec lequel j'ay toûjours été &
feray gloire de toûjours être,

MADAME,

    De Vôtre Altesse,

                    Trés-humble & trés-
                    obeïssant serviteur.

A MONSEIGNEUR

L'EVESQUE ET DUC

DE LANGRES,

PAIR DE FRANCE.

Remarques & bons Mots.

MONSEIGNEUR,

Par la derniere Lettre dont m'a honoré Vôtre Grandeur, elle se plaint que je luy ay écrit d'un caractere trop menu, & qu'elle s'est fatiguée à lire ce que j'ay pris la liberté de luy mander. C'est à elle, s'il luy plaît, qu'elle s'en doit prendre : elle me demande tant de Remarques que je ne crois jamais avoir de terrain assez ; & d'ailleurs, Monsei-

gneur , j'ay le malheur d'écrire avec
des Lunettes, qui me font paroître les
Objets si gros que je ressemble à un
certain Boucher de Chatillon (petite
Ville de vôtre Diocése) qui , à une
Foire , ayant acheté *Cinq Bœufs* avec
des Lunettes, trouva le lendemain que
c'étoient *Cinq Veaux*. Il arriva bien pis
l'hiver passé à un Vieillard des plus
qualifiez du Royaume. Il joüoit au Bil-
lard à Versailles , avec des Lunettes,
qui luy faisant paroître les Belouses lar-
ges comme l'entrée de son Chapeau, il
croyoit toûjours mettre la Bille de son
Aversaire dedans , & ne l'y mettoit jamais : & comme il joüoit gros jeu il
perdit pendant le Carnaval quarante ou
cinquante Mille Ecus. Je feray tout ce
qui me sera possible pour ne vous pas
tant donner de peine une autrefois ; &
j'écriray plûtôt sans Lunettes que de vous
réduire à la nécessité d'en avoir pour lire ce que j'écris. Je rends très-humbles
graces à Vôtre Grandeur du plaisir qu'elle a pris à la Fable que je luy ay envoyée : la prière qu'elle a la bonté de
me faire d'en mettre toûjours quelqu'u-
une dans ce que j'auray l'honneur de

luy écrire, m'est un ordre si sacré que
c'est, Monseigneur, par où je vais commencer à vous donner des marques de
mon zéle & de mon obéïssance.

Le Bien, la Jeunesse, & la Beauté
sont trois avantages dont la Présomption
est inséparable. La plûpart des Filles qui
ont ces qualitez méprisent à dix-huit &
à vingt ans les Amans les plus vertueux
& les mieux faits ; & quand elles en
ont trente ou trente-cinq elles vont au
devant du premier Magot qui se presente. On en maria une la semáine passée qui dans sa jeunesse, entêtée des
Gens d'épée, avoit refusé un President
de la Chambre des Comptes, & un
Maître des Requêtes ; & qui fut trop
heureuse dans la décadence de ses appas, d'épouser un simple Trésorier de
France. Le Maître des Requêtes, qui est
presentement un gros Intendant de Province, outré du mépris qu'elle avoit eu
pour luy, me pria de l'en vanger : &
comme il me fait la grace de me vouloir du bien, je crus par reconnoissance
être obligé de luy faire cette Fable.

LE H'ERON, LES POISSONS,
ET LE LIMAÇON.

FABLE.

UN Héron d'humeur altiére
Et quelquefois s'oubliant,
Voltigeoit sur une Riviere,
Et cherchoit pour dîner quelque morceau
friand.
D'abord un Brocheton d'une longueur honnête
Se presente à ses yeux. Un Brocheton ! passons.
Voilà pour un Héron une belle conquête !
Perche & Truite, à mon gré, sont de meilleurs
Poissons.
Il trouve un peu plus loin une Carpe de Seine
Qui pour prendre une Mouche allongeoit le
museau :
Une Carpe ! Est-ce la peine
De m'aller moüiller la peau ?
A quelques pas de là, sous une vieille planche,
Il sçavoit qu'une Tanche avoit un trou secret :
Mais après Carpe & Brochet
Qu'est-ce pour luy qu'une Tanche ;

Quand il eut bien fait des tours ,

Et pris de l'appétit à force d'exercice ,

Pour contenter sa faim qui s'augmentoit toûjours ,

     Il rencontre une Ecrévisse.

Je ne veux d'Ecrevisse en aucune façon :

Passons outre. Il passe outre ; & pour toute for-
. tune ,

     Aprés une course importune

     Il ne trouve qu'un Limaçon.

Retournons au Brochet , il faut qu'il en pâ-
' tisse ,

Dit-il. Il y retourne, & n'apperçoit plus rien :

     Brochet , Carpe , Tanche , Ecrévisse ,

Tous avoient pris la fuite , & s'en trouvoient
fort bien.

     Enfin , le Héron ridicule

Qui ne vouloit manger que de meilleur Poif-
fon ,

Preffé par le befoin ne fit point de fcrupule

     De s'en tenir au Limaçon.

Je pardonne volontiers les fautes que
l'on fait par ignorance : mais j'ay de la
          peine

peine à pardonner celles qui font faites
par malignité. Le Pére d'Ormesson, Minime, fils & frére d'auffi honnêtes &
d'auffi habiles Gens qu'il y en ait en
France, avoit une fimplicité & une modeftie loüables dans un Religieux, &
n'oublioit aucun des termes d'humilité
dont il fe pouvoit fervir. Sa chatité
l'ayant obligé d'écrire à un Gentilhomme de Province pour tâcher d'accommoder un Procez de Famille ; & ayant
fini fa Lettre par ces mots : Vôtre trés-
humble & trés - obéïffant ferviteur,
d'ORMESSON, Minime indigne du
Convent de la Place Royale ; le Gentilhomme qui étoit un Picard invétéré,
ne manqua pas de luy mettre fur la Réponfe qu'il luy fit : *Au trés-Révérend
Pére d'Ormeffon, Minime indigne du
Convent de la Place Royale.*

Un autre Gentilhomme à force d'être
civil fit une impertinence toute contraire. Vous fçavez, Monfeigneur, que
dans toutes les Eglifes où il y a Mufi-
que, on fe fert d'un Inftrument qu'on
nomme Serpent : & comme celuy qui
en joüe eft ordinairement un Eccléfia-
ftique, pour ne pas manquer de refpect

Hh

à ce caractere , le Gentilhomme dont je parle avoit mis fur fa Lettre : *A Monfieur , Monfieur Chein , trés-digne Serpent de la Sainte Chapelle de Paris.* On auroit eu tort d'en vouloir mal ni à l'un ni à l'autre , ils n'avoient aucun deffein d'offencer ; & l'on voit bien qu'ils y alloient tout deux bonnement.

Pendant que je fuis fur les fufcriptions de Lettres je ne puis m'empêcher, Monfeigneur , de vous en dire une qui me fut faite il y a quelque tems par un Marchand de Troyes. Je luy devois vingt-cinq Ecus, pour un Habit qu'une Parente que j'ay à Muffy m'avoit demandé. Il tira fur moy une Lettre de change, dont voicy les termes. Monfieur, Vous ayant trouvé fur mon Journal pour une petite partie de foixante & quinze livres tournois, il vous plaira payer icelle fomme à la premiére ufance à Monfieur Profper , Marchand Bonnetier au Fauxbourg faint Marceau, lez Paris ; & ne doutant point que vous ne faffiez honneur à la prefente , je demeure avec affection , Vôtre trés-humble ferviteur, BERTRAND. Comme la prife de Corps n'eft pas abrogée de

Marchand à Marchand, pour avoir droit de me faire affigner aux Confuls en cas de refus de payement il mit à côté pour adreffe : *A Monfieur, Monfieur Bourfault, Marchand Poëte, à Paris.* La bonne Marchandife ! Heureufement pour moy j'avois reçû vingt-cinq Loüis d'or la veille ; & je ne fus pas obligé d'aller demander réparation de ce qu'on avoit traité ma Mufe de Roturiére.

Un Grand Seigneur de la Cour de Loüis XIII. qui avoit beaucoup de paffion pour les Chevaux, & qui avoit raifon ; fut extrémement furpris de ce que fon Ecuyer luy vint dire un matin que le Cheval qu'il avoit monté là veille pour aller à la Chaffe, étoit mort. Quoi, dit-il le Cheval que j'avois hier ! Oüy, Monfieur. Ce Cheval bay ? que j'ay eu de Monfieur de Baradas ? qui n'avoit que fix ans ? qui mangeoit fi bien ? Oüy, Monfieur, celuy-là même ; luy répondit l'Ecuyer. *Eh bon Dieu,* s'écria-t-il : *Qu'eft-ce que de nous !*

Bien des Gens, obligez de s'affujetir à la rigueur de l'Ufage, portent l'Epée, qui voudroient bien que perfonne ne la portât, par la crainte qu'ils ont

Hh ij

des conféquences. L'autre jour un homme qui la porte purement *ad honores*, fut rencontré par un autre, dont il avoit médit, & qui voulut la luy faire tirer. Luy, qui n'en avoit point du tout d'envie, luy allegua la févérité des Ordonnances contre le Duel, & luy dit qu'il ne vouloit point défobéïr au Roy; de forte que l'autre, le voyant fi bon Sujet, luy donna fept ou huit coups de plat d'Epée, & le laiffa là. Un des Amis du Battu ayant fçeu l'affront qu'il venoit de recevoir, le fut trouver; & le querellant de ce qu'il avoit effuyé cette injure fans tirer l'Epée : *Que Diable,* luy répondit-il, *veux-tu que je te dife ? Le Courage eft comme la Foy : c'eft un Don de Dieu, qu'il fait à qui bon luy femble.* Quelque mauvaife que paroiffe cette excufe il ne laiffe pas d'y avoir beaucoup de vray; & qui tâteroit le poux à bien du Monde trouveroit qu'il y en a pour le moins autant qui manquent de courage que de foy. L'exemple qui fuit en eft une preuve.

Dimanche dernier, un de ces Moufquetaires aifez, qui ne font là que pour prendre quelque teinture de la Guerre qui leur fasse remplir des Postes plus considérables avec honneur, s'étoit mis le plus proprement qu'il avoit pû, pour aller dîner avec des femmes. A dix pas de la Maison où il alloit les Chevaux d'un Carosse de Fiacre l'emplirent de boüe de la tête au pieds. Enragé de se voir en cet état, & par malheur pour le pauvre diable de Cocher ayant une Cane à la main il luy en donna vingt coups. Pendant qu'il le battoit un Monsieur d'autour de la Garonne, qui avoit un habit tout galonné d'or, ayant baissé la Lucarne du Carosse : *Aurez-vous bien-tôt fait, Monsieur ?* luy dit-il. Le Mousquetaire, qui étoit encore dans la chaleur du premier mouvement, luy ayant répondu avec fierté : Morbleu, Monsieur, si vous voulez prendre son party, vous n'avez qu'à descendre. *Ce n'est pas ce dont il s'agit*, luy répliqua l'autre ; *mais s'il vous plaît, ce Coquin est à l'heure ; & vous le retardez.* Pour cela, repartit le Mousquetaire, vous avez raison : & s'adressant au Cocher, Maraut, ajoûta t-il, rends graces à Monsieur, à qui j'ay peur de faire perdre du tems ; tu n'en serois pas quitte à si bon marché.   H h iij

Quelque respect qui soit dû à vôtre Naissance, à vôtre Caractere & à vôtre Mérite Personnel, vos oreilles ne sont pas plus délicates que celles du Roy; & Vôtre Grandeur ne s'offencera pas d'une obcénité que Sa Majesté a bien eu l'indulgence de souffrir. Il y a sept ou huit jours qu'un Officier Gascon (car quel autre qu'un Gascon auroit l'esprit & la hardiesse de dire la même chose ?) Il y a, dis-je, sept ou huit jours qu'un Officier Gascon demandant au Roy dequoy luy aider à faire son Equipage, le Roy qui mêle de la bonté jusques dans ses refus, luy répondit que le tems n'étoit guéres propre à faire des graces : & ajoûta qu'il avoit sa Paye, une Pension; & que si cela ne suffisoit pas son Pére qui vivoit largement des bienfaits de Sa Majesté pouvoit de tems à autre le soulager de quelque Lettre de change. *De l'argent de mon Pére, Sire*; repartit promtement le Gascon : *Vôtre Majesté, qui est toute puissante, feroit plûtôt faire un Pet au Cheval de Bronze que de tirer une Lettre de change de nôtre Païs.* Le Roy, surpris d'une expression si extraordinaire se prit à rite ; & le Gascon obtint une partie de ce qu'il demandoit.

Une Dame de la premiére Qualité, qui craignoit que son Frere ne pût soûtenir l'éclat de sa Maison, à cause des fréquentes & considerables pertes qu'il faisoit au jeu, se prévalut un jour du droit d'Aînesse qu'elle avoit sur luy, & s'ingéra de luy faire des remontrances sur sa conduite. Celle de la Dame n'étant pas la plus réguliére du monde, le Frere, naturellement promt, & d'ailleurs chagrin d'avoir tant perdu, luy répondit, en des termes que je n'ose dire, qu'il joûroit tant qu'elle auroit des Amans. A quoy elle répondit ce qu'on verra dans cette Epigramme, qui est du bon Faiseur ; c'est à dire de Mainard, qui en ce genre d'écrire n'a eu que de foibles Concurrens.

Une Dame d'un Sang Illustre,
Dont le Frére étoit grand Joüeur,
Luy remontrant avec douceur
Que d'un Sang si fameux il ternissoit le lustre,
Le Frére las de son babil ;
Je joûray, luy répondit-il,

Hh iiij

Tant qu'à vôtre Mary vous ferez infidelle :
Si je change d'avis je veux être damné.

    Ah ! mon Frére, s'écria-t-elle,

    Vous êtes un homme ruiné !

Depuis que les Royaumes ont souffert l'exclusion à la Papauté, l'Italie est
de toutes les parties du Monde-Chré-
tien celle où il y a le plus d'avantage
pour l'élevation des Familles. Dans un
Siécle on void des Papes de beaucoup
de Villes différentes ; & d'abord qu'on
est parvenu au Pontificat quelque nombre de Parens qu'on puisse avoir ce sont
autant de Princes que l'on void éclore
en un moment. Non contens de leur
acquérir cette Dignité, les Papes leur
donnent encore dequoy la soûtenir : &
comme ils sont fort vieux quand on les
éléve à ce sublime degré ils se dépê-
chent le plus qu'il leur est possible. A-
lexandre VIII. autrement le Pape Otto-
boni est un de ceux qui a le plus enrichi ses Parens. Voyant qu'il avoit trop
vécu pour vivre encore beaucoup : *Sbri-*
gatevi presto., disoit-il à ses Neveux,

*perche son sonate le venti tre hore : bi-
sogna ben impiegar l'ultima.* Cela ne se
peut rendre si agréablement en François. On dit qu'après sa mort le Cardinal Maldaquin avant que d'entrer au
Conclave, fut rendre visite au Cardinal
Carpégna, son Amy intime, à qui il
témoigna en confidence qu'il auroit bien
voulu être Pape : & que l'autre le féli-
cita sur ses belles inclinations.

Un Avare, disoit un Philosophe de
l'antiquité, a de l'inquiétude de ses
Richesses comme de biens qui luy ap-
partiennent ; & s'en sert comme s'ils
ne luy appartenoient pas. Que prétend-
il faire de ce Bien, dont il n'ose se
permettre l'Usage ; & pourquoy se tour-
menter à en acquérir s'il se condamne
luy-même à n'en jamais dépenser ? Il
mourut dernierement un vieux Garçon, infecté d'une si grande Avarice
qu'il attendoit que son Vin fust aigre
pour en boire moins. Il y avoit plus de
quarante-cinq ans que son unique profession étoit de prêter sur gages, & jamais Magazin de Fripier n'a été rem-
ply de tant de hardes differentes que
l'on en trouva chez luy après sa mort.

Le Curé de fa Paroiffe ayant fçeu que ce feroit un bon Mort , & qu'il avoit le moyen de payer graffement fes funerailles , y envoya les Chandeliers & la Croix d'Argent ; & celuy qui l'exhortoit à la mort luy ayant mis le Crucifix entre les mains , pour le baifer & luy demander pardon ; le Mourant, aprés l'avoir foulevé autant que fa foibleffe le put permettre : *il eft bien leger*, dit-il : *je ne puis prêter que tant deffus* ; & le laiffant tomber mourut un moment aprés : tant il eft vray qu'on meurt prefque toûjours comme on a vécu. C'étoit le fentiment de feu Monfieur de Fieubet , Confeiller d'Etat : comme il le témoigne luy - même par ces beaux Vers , qui malgré fa modeftie ont franchy l'obfcurité de fa Retraite.

Figure du Monde qui paffe

Et qui paffe dans un moment ;

Pompe , Richeffe , Honneur , funefte Amufement

Dont un Mortel s'enyvre , & jamais ne fe laffe :

Dequoy sert vôtre éclat à l'heure de la mort ?

Il ne peut ni changer ni retarder le Sort.

* * * plus haut que luy ne voyoit que son
Maître :

Dans le comble des biens, de Grandeurs, du
Plaisir,

Lors qu'il la craint le moins la mort vient le
saisir,

Et ne luy donne pas le tems de la connoître.

Hélas ! aux grands Emplois à quoy bon de
courir ?

Pour veiller sur soy-même heureux qui s'en
délivre !

      Qui n'a pas le tems de bien vivre

Trouve mal-aisément le tems de bien mourir.

La présence d'esprit est d'un grand
secours pour se tirer agréablement d'affaires. Un jeune Abbé d'une condition
distinguée, prêchant à Chantilly devant
feu Monsieur le Prince, manqua de
mémoire à l'endroit le plus beau de son
Sermon. Aprés avoir rêvé un petit mo-

ment fans pouvoir trouver ce qu'il cherchoit, il tira le Papier de fa Poche ; vid
où il en étoit ; reprit le fil de fon dif-
cours ; & acheva fa Prédication avec
beaucoup de fuccez. Monfieur le Prince, avec qui il eut l'honneur de dîner,
luy ayant obligeâment témoigné qu'il
en avoit ufé en habile homme, & que
c'eût été dommage que faute de prendre fon Papier l'affemblée eût perdu
tant de belles chofes ; *Ma foy, Monfeigneur*, luy répondit-il, *j'en demande pardon à Vôtre Alteffe : je m'étois
fié à ma mémoire, elle m'a joüé d'un
tour ; quand j'ay veu cela je luy en ay
joüé d'un autre.* Monfieur le Prince trouva l'excufe auffi agréable que le Sermon.

Dans le même lieu de Chantilly, un
Gentilhomme qui avoit extrémement
voyagé, alla faluer Monfieur le Prince :
& dans le récit de fes voyages il luy
parla d'un Prince de Perfe, qui, à trente ans, avoit fait les plus belles Actions
dont on ait jamais oüy parler. Pendant
cet entretien le dîné ayant été fervi
chacun fe mit à Table. Monfieur le
Prince, fenfible aux grandes Actions,

dit à ce Gentilhomme : la Vie du Prince dont vous m'avez parlé a eu de si beaux commencemens que je brûle d'impatience d'en sçavoir la suite. *Helas, Monseigneur,* répondit le Gentilhomme, qui vid en un moment le Potage presque enlevé : *il mourut subitement ;* & par là l'histoire étant finie il se mit à manger comme les autres.

Je disois un jour à l'Abbé T * * * de l'Académie Françoise, qui auroit prêché aussi bien qu'homme du monde s'il l'avoit voulu, que Dieu luy reprocheroit le mauvais usage qu'il faisoit des Talens qu'il en avoit receus ; & qu'il luy diroit quelque jour : je t'avois donné l'Eloquence, la Grace, la Force, l'Onction ; en un mot toutes les qualitez necessaires pour être un parfaitement bon Prédicateur, & tu as resisté à ce que je souhaitois de toy. *Encore baste,* me répondit-il ; *le reproche sera bien honnête : au lieu qu'il dira à tant d'autres : De quoy vous êtes-vous mêlez de prêcher ? étoit-ce pour cela que je vous avois fait naître ? Je vous avois donné gratuitement le Talent de vous taire, & malgré moy vous avez voulu*

parler. Peut-on s'excufer avec plus d'efprit & moins de raifon ?

Feu, Monfieur Ménage, qui avoit
tant d'érudition & de mérite, me dit
une fois, qu'ayant demandé à un jeune
Chanoine de Nôtre-Dame, de fes A-
mis, s'il difoit réguliérement fon Bréviaire : Ma foy, non, luy répondit-il.
Comment, reprit à l'inftant Monfieur
Ménage ! Sçavez - vous que vous êtes
obligé de vous en confeffer ? *Oh vrai-*
ment, luy répliqua le Chanoine, *j'ay*
bien plûtôt dit que je ne le dis pas que
de m'amufer à le dire. Cet endroit qu'on
a oublié de mettre dans le M E'N A-
GIANA n'auroit pas été la plus mau-
vaifes de fes Remarques.

Noftradamus paffant un jour par un
Village de Dauphiné nommé faint Bon-
net, entra dans une Hôtelerie & demanda à fouper. La fervante, qui étoit
feule, le pria d'attendre un peu ; & luy
dit que la Maîtreffe du Logis étoit al-
lée à l'accouchement de la Dame du
Lieu. Comme c'étoit aux grands jours
d'Eté, & que le tems étoit fort ferain,
Noftradamus entra dans le Jardin, &
fe mit à confulter les Aftres fur le fort

de l'Enfant qui alloit naître. La Maî-
trefle du Logis étant de retour, & Noſtradamus ayant ſçeu d'elle que la Dame étoit accoûchée d'un Garçon ; *Me
pourriez-vous dire préciſément*, luy demanda-t-il, *à quelle heure cet Enfant
eſt venu au Monde ?* Ouy, Monſieur:
Il eſt venu, dit elle, préciſément à telle heure. *C'eſt dommage*, répliqua Noſtradamus : *s'il fuſt venu quelques momens plûtôt c'eût été un Roy. Mais,*
ajoûta-t-il, *il aura toûjours lieu de ſe
conſoler : en quelque endroit qu'il ſe
trouve il ſera l'un des premiers du
Royaume.* Par la ſuite cet Enfant a été
le Connêtable de l'EDIGUIE'RES.
Jodelle fit ce Diſtique ſur Noſtradamus.

*Noſtra damus, cum falſa damus,
nam fallere noſtrum eſt,
Et cum falſa damus, nil niſi Noſtra damus.*

La Robe de Rabelais eſt en ſi grande vénération à Montpellier qu'aûcun
Médecin n'y eſt receu qui ne la mette
ſept fois. Quelques Etudians en Méde-
cine ayant fait des Actions indignes
d'eux, furent cauſe que tous les Priviléges de la Faculté furent abolis. Ra-

belais qui étoit un des plus confidéra-
bles Membres de ce Corps, vint à Paris, & s'adreſſa au Suiſſe du Chancelier Duprat, à qui il parla Latin. Le
Suiſſe ayant fait venir un homme qui
ſçavoit cette langue, Rabelais luy parla Grec. Un autre qui entendoit le Grec
ayant paru, il luy parla Hébreu. Par
hazard un Profeſſeur en langue Hébraï-
que s'étant trouvé là, Rabelais luy parla en Arabe ; & à un autre encore en
Syriaque : de ſorte qu'un tel homme
ayant quelque choſe de prodigieux on
courut en avertir le Chancelier, qui
charmé de la Harangue qu'il luy fit, &
de la Science qu'il avoit, rétablit, à ſa
conſideration, tous les Priviléges qui
avoient été abolis. Rabelais étoit de
Chinon, petite Ville de Touraine, &
ſe fit Cordelier au Convent de Fonte-
nay le Comte, dans le bas Poitou,
d'où il s'enfuit : enſuite dequoy il fut
Médecin à Montpellier ; alla à Rome
avec le Cardinal de Lorraine ; & mourut Curé de Meudon. Il avoit beaucoup
d'Eſprit & de Sçavoir, mais peu de Religion : & quoi-que ſon Livre ſoit eſti-
mé de quelques uns, on ne le void dans
les

les mains de personne d'une vie réglée.

Un Ancien disoit que la Réputation étoit le plus magnifique Tombeau que l'on pût avoir. Que de choses en peu de paroles !

Il n'y a aucune Nation qui prenne tant de Noms de Batême que les Espagnols. Un pauvre Espagnol, qui n'avoit pour toute Compagnie qu'un méchant Rouffin, arriva dans un petit Village de France, où il n'y avoit qu'une seule Hôtelerie, qu'il étoit plus de minuit, & par une pluye si abondante qu'elle avoit pénétré jusqu'à la peau. Ayant frapé à la porte le Maître se leva, & demanda qui c'étoit. C'est, répondit l'Espagnol, *Dom Sanche Alphonse, Ramire, Juan, Pédre, Carlos, Francisque, Domingue de Roxas, de Stuniga, de las Fuentes.* L'Hôte qui sçavoit qu'il n'y avoit qu'un lit de reste, luy ayant repliqué brusquement qu'il n'y avoit pas à loger pour tant de Monde, s'alla recoucher ; & quelque bruit que pût faire l'Espagnol il ne voulut jamais luy ouvrir : si bien que le pauvre Diable fut contraint, par le tems qu'il faisoit, d'aller à deux grandes lieuës de là chercher giſte. Je vous jure, Monſeigneur, qu'il n'eſt guéres moins tard que lors que l'Eſpagnol arriva à cette malheu- reuſe Hôtelerie ; & que ſi je ne me hâte d'envoyer ma Lettre à la Poſte je n'auray pas l'honneur de vous aſſurer cette ſemaine que je ſuis, avec un reſ- pect plus grand que je ne puis l'expri- mer,

MONSEIGNEUR,

De Vôtre Grandeur,

Trés-humble & trés- obeïſſant ſerviteur.

CATALOGUE DES LIVRES

nouveaux, qui se trouvent chez Nicolas Gosselin, dans la Grand'
Salle du Palais, à l'Envie.

Zayde Histoire Espagnole, par M.
de Segrais, avec un Traité de l'Origine des Romans, par M. Huet, 12. 2.
vol.   3. liv. 12. f.

Les Contes Nouveaux, ou les Fées à
la mode, dediez à Son Altesse Royale
Madame, par Madame la Comtesse d'Au-
noy, 12. 2. vol.   3. l. 12. f.

La suite des Contes nouveaux des Fées
par la même Dame, 12. 2. vol.   3. l. 12. f.

Les Lettres nouvelles de M. Boursaut,
accompagnées de Fables, de Remarques,
de bons Mots, & d'autres Particularitez
aussi agréables qu'utiles ; avec sept Lettres Amoureuses d'une Dame à un Cavalier, 12   1. l. 16. f.

La suite qui contient un grand nombre
de Lettres remplies de bons Mots ; avec
plusieurs Lettres Amoureuses de la même
Dame à un Cavalier, 12.   1. l. 16. f.

Lettres de Respect, d'Obligation &
d'Amour, par le même, 12.   1. l. 10. f.

Le Prince de Condé, nouvelle Histori-
que, par le même, 12.   1. l. 5. f.

Les Fables d'Esope Comedie, par le

même , 12. 15. &.

L'Hiftoire des Religions de tous les Religions du monde , où l'on trouvera quantité de chofes agréables à lire , 12. 3. vol. 3. l. 12. f.

Les Remarques de Vaugelas fur la langue Françoife , utiles à ceux qui veulent bien parler , & bien écrire ; avec de nouvelles notes de M. Corneille , de l'Academie Françoife , 12. 2. vol. 4. l. 10. f.

Le Quintecurce contenant l'Hiftoire d'Alexandre le Grand, traduit , par le même , 12. 2. vol. 4. l.

Le même, Latin François, 12. 2. v. 4. l.

L'Hiftoire de la Monarchie Françoife fous le Regne de *Louis le Grand* , contenant tout ce qui s'eft paffé depuis 1 6 4 3. jufqu'à prefent, par M. de Corneille, de l'Academie Françoife, 12. 3. vol. 5. l. 8. f.

La Vie de l'admirable Chevalier d'Induftrie ,Dom Gufman d'Alfarache ; avec les Figures en taille douce, 12. 3. vol. 6. l.

Hiftoire de l'admirable Dom Quichotte de la Manche , troif. Edition , enrichie de Figures en taille douce, 12. 5.vol. 12. l.

Recueil de Chanfons choifies, feconde Edition augmentée , 12. 2. vol. 4. li.

Hiftoire d'Hippolite Comte Douglas, par Madame D . . 12. 2. vol. 3. l.

Caracteres des Femmes du Siecle,

In 12.   1. l. 16. f.

Calcul du Toifé pour les Superficies folides, & bois Equaris, par de Senne, 12.   1. l. 10. f.

Hiftoire d'Hollande, par M. de la Neu-ville, 12. 4. vol.   6. l.

Les Memoires de la Comtesse D...
12. 2. vol.   3. l. 12. f.

L'Art de la Poëfie Latine & Françoife, par M. de la Croix, 12.   12. l.

Nouvelle Methode du Blafon du Pere Meneftrier, enrichie de figures, 12. 2. l. 10. f.

Les Jeux de Cartes de Brianville, 18. 2. l.

Les Oeuvres de Virgile, traduites en François, avec le Latin à côté, par M. de Martignac, 12. 3. vol.   6. l.

Les Oeuvres d'Horace, par le même, 12. 2. vol.   4. l.

Les Satyres de Juvenal & de Perfe, par le même, 12.   2. l. 10. f.

Les Metamorphofes d'Ovide traduites par Durier, avec des Figures, 12. 3. vol.
4. l. 10. f.

Les mêmes, 4. avec Figures,   6. l.
Reflexions & Sentences Morales, 12. 1. l.
La Bibliotheque de Auteurs, 12. 1. l. 16. f.
L'Hiftoire Secrette du Connestable de Bourbon, 12.   1. l. 16. f.
L'Hiftoire de Catherine de France Reine d'Angleterre, 12.   1. l. 16. f.

L'Homme de Cour de Balthasar Gracian, avec des Remarques de Monsieur Amelot de la Houssaye, 12.   2. l. 5. f.

La suite de l'homme de Cour de Balthasar Gracian, 12.   1. liv. 16. f.

L'Histoire Romaine, où l'on voit tres-exactement recueilly tout ce qui s'est passé depuis la fondation de Rome, sous les Rois, sous les Consuls, sous les Tribuns militaires, sous les Decemvirs, & sous les Empereurs, tant d'Orient, que d'Occident, jusqu'à present, 8. vol. in 12. 8. l.

L'Histoire entiere d'Alexandre le Grand, tirée de Quintecurce, & autres Auteurs, 12.   1. l. 10. f.

Etat de la Cour de tous les Rois de l'Europe, par M. de sainte Marthe Historiographe de France, 12. 4. vol.   6. l.

La Science universelle de Sorel, 12. 4. vol.   6. l.

Les Tableaux de la Penitence de M. Godeau, avec des Figures, 4.   9. l.

Le même in douze, avec Figures, 3. l.

Les Sentimens d'une ame Penitente sur le Pseaume *Miserere mei Deus*, &c. & le retour d'une ame à Dieu, sur le Pseaume, *Benedic anima mea*, avec des réfléxions Chrétiennes, 12.   1. l. 16. f.

La Theologie Françoise & Morale de M. Quantin Predicateur du Roy, 8. 3. vol.   6. l.

Traduction de Monsieur d'Ablancourt.

Oeuvres de Lucien, 12. 3. vol. 4. l. 10. f.
———De Tacite, 12. 3. vol.   4. l. 10. f.
———De Thucydides, 12. 3. vol.   6. l.
———Les Commentaires de Cesar, 4. 4. l.
———Idem, in 12. 2. vol.   3. l. 12. f.

La Guerre des Auteurs Anciens & Modernes, 12.   1. l. 10. f.

Nouvelles Galantes, & Avantures du temps, 12. 2. vol.   2. l.

Les devoirs de la vie Civile, 12. 2. voi.   2. l. 10. f.

L'Heroïne Mousquetaire, Histoire veritable, 12. 4. vol.   4. l.

Roman Bourgeois de Furetiere, 8. 3. l.

Les entretiens d'Ariste & d'Eugene, par le Pere Bouhours, 12.   2. l. 10. f.
———Pensées ingenieuses, 12.   2. l.
———Maniere de bien penser,   2. l.

La Vie de la Reine Elizabeth, par Gregorio Leti, 12. 2. vol.   6. l.

L'Eneide de Virgile traduite en vers Franço's, avec le Latin à côté, 12. 2. vol.   4. l.

Réfléxions Morales de M. de la Rochefoucaut, 12.   1. l. 16. f.

Il se trouve dans la même Boutique, tous les Livres nouveaux qui s'impriment.

Contraste insuffisant

NF Z 43-120-14